KB177694

긴 인생을
위한

짧은 영어
책

긴 인생을
위한

짧은 영어
책

박혜윤 지음

**이것은
지금도 영어가 두려운
당신을 위한 이야기**

동양북스

달콤한
버너러빌리티

이 책은 '이런 완벽한 영어 실력을 갖고 싶지 않냐'는
유혹과는 정반대다.

이 책을 쓰는 목적은 하나다. 책을 읽은 사람이 '영어 공부 해볼까?' 하는 생각을 하는 것. 해외여행 가서 몇 마디도 꺼리는 사람부터 영어를 '잘'하는 사람 모두 포함이다. 영어 공부를 하는 것도 아니고, '해볼까?'라는 느슨한 생각만 떠오르면 된다.

영어 공부라는 게 도대체 뭔가? 단어를 외우고, 학원을 다니고, 원어민 영어 회화를 하고, 인터넷 강의를 듣는건 분명히 공부 맞다. 하지만 이렇게 연필 들고, 머리를 쥐어짜면서, 진도라는 걸 의식하는 것만이 공부는 아니다. 내가 여기서 말하고 싶은 공부는 내가 무언가를 모른다는 것을 인식하는 것, 딱 그거다. 내가 더 알아야 할 게 있다는 것을 인식하는 것. 그러니까 영어 지식을 꼭 늘려가야 하는 건 아니다. '내가 이걸 모르는구나' 그러면 그걸로 공부 끝!

넷플릭스를 보면서 '자꾸 들리는 말인데 뭐지?' 그걸로 충분하다. 정확한 스펠링이나 발음을 몰라도 상관없다. 그런 의식을 멈추지만 않으면 된다. '내가 모르는구나. 모르는구나. 모르는구나' 그러다가 어느 날 어떤 이유로 찾아볼 수도 있고, 물어볼 수도 있고, 가만히 있는데 저절로 알게 될 수도 있다. 그 순간은 내가 뭘 하지 않아도 자연스레 찾아오거나 오지 않을 수도 있지만 괜찮다. 이게 내가 생각하는 공부다.

그러니까 영어에 대해서 내 마음을 가만히 열어놓는 것. 간판에 적힌 영어 단어 하나, 노래 가사에 나오는 영어 표현 하나에 반응하는 것. 알려고 해도 좋지만, 그저 '내가 모르는 건데' 그런 생각을 의식적으로 하면 좋다. 의식적인 생각을 멈추지 않는 게 핵심이다. 그러면 영어가 재밌어진다. 발전해서가 아니라, 영어를 잘하게 되어서가 아니라 그냥 재밌어진다.

어른이 되고 나면 재밌는 게 많이 사라진다. 대학생 때까지만 해도, 떡볶이 먹으면서 별거 아닌 수다만 떨어도 재밌는 하루를 보냈다. 그런데 20대 중후반이 넘어가면서 그런 재미를 느끼는 게 점점 어려워진다. 떡볶이가 아니라 근사한 오마카세 정도 먹어야 하다가, 조금 지나면 그것조차 귀찮아진다. 자주 먹어서 그런 것도 아니고, 무감각해진다. 그런데 영어 공부를 하는 사람이 되면 정말로 하루하루가 재밌어진다. 그게 뭐가 재밌냐고? 그걸 이 책에 담았다(고 생각한다).

영어만 그런 건 아니다. 무엇이든 진정으로 배우기 시

작하면 떡볶이, 크림빵 하나를 먹는 그런 재미를 되살릴 수 있다. 우리가 어렸을 때 세상을 그토록 강렬하게 느끼고 즐겼던 건 따지고 보면 무언가를 계속 배우고 있었기 때문이다. 그냥 숨 쉬는 모든 순간 배우고 있었다.

이런 목적에서 영어가 좋은 건, 그야말로 널리고 널린 게 영어이기 때문이다. 깨어 있는 시간이 많아진다. 특별히 뭘 하지 않아도 내가 있는 이곳에서 좀 더 세상을 향해 열려 있는 셈이다. 내가 이미 아는 것, 내가 이미 잘하는 것을 움켜쥐지 않고, 여전히 자라는 새싹처럼 약하지만 성장으로 향하는 마음의 상태가 된다.

그런 점에서 영어는 좋다. 나만의 은밀한 통로 같은 거다. 다른 외국어나 취미 활동은 조금만 해도 뿌듯하고 자랑하기도 좋다. 하지만 영어는 전혀 그렇지 않다. 영어 잘하는 사람이 널리고 널렸으니까. 반대로 그만큼 은밀하다고 할까. 영어 단어 하나를 입안에서 살살 굴려본다. 이건 영어 학습법으로는 꽝이다. 영어뿐만 아니라 외국어, 아니 모든 언어는 큰 소리로 말해서 내가 말하는 걸 내 귀로 들어야 하는 게 기본이다. 그러나 나는 이렇게 공부하지 않는 시간에도 영어를 통해서 마음을 말랑하게 하려고 한다.

도대체 이게 무슨 공부라고? 이런다고 뭐가 된다고? 우선은 뭘 모른다는 생각을 의식적으로 하면 앞에서도 말했지만, 하루의 느낌이 달라진다. 아주 미세하게 즐거워진다. 그리고 그토록 원하는 나만의 시간이 된다. 따로 시간을 내지 않아도, 나에게 집중하게 된다. 피곤하거나 괴롭거나 미칠 것 같은 하루의 어떤 순간, 스쳐가는 영어 단어 하나에 집중해 보는 거다. 뜻을 몰라도 핸드폰에 손을 뻗어 찾아보지 않는다. 그러면 영어 단어를 찾기 전에 SNS부터 보게 될 테니까.

무엇보다 효과가 있다. 작심삼일에 대한 해결책. '영어 공부 해야 하는데' 하는 생각을 다들 수년 길게는 수십 년씩 해왔을 거다. 때로는 책도 몇 권 사고, 인터넷 강의를 신청했을지도 모른다. 하지만 그때와 비교해 영어 실력이 달라졌을까? 영어 시험에 필요한 점수는 땄을지언정 영어가 내 것인 것 같은 실력은 늘지 않는다. 하지만, 이 방법이야말로 마법처럼 영어 실력이 늘어날 확률이 가장 높다.

처음부터 책의 목적을 한정하는 이유는 따로 있다. 나의 영어 이야기를 늘어놓을 것이기 때문이다. 이 책은 '이런 완벽한 영어 실력을 갖고 싶지 않냐'는 유혹과는 정반대다. 영어를 어떻게 공부하는지, 혹은 영어에 대한 지식을 전파하는 것과는 거리가 멀다. 나만의 은밀한 즐거움, 진도에 기죽지 않는 즐거움, 그러면서도 세상과 닿아 있다는 즐거움을 나누고 싶다. 지금 내가 알고 있는 영어가 부족한 것이 아니라, 나만의 것이므로 충분하다. 부족함을 채워야 한다는 부담감이 아니라, 충분한 데에서 시작해서 새로운 것을 배우면 아무리 작고 사소한 것이라도 즐거움이 된다.

여기서 생각나는 단어 하나, 버너러블vulnerable. 무언가에 약하다는 뜻이다. 그런데 그저 약함과는 약간 다르다. 자신의 약함이 노출되어 있다고 해야 할까. 어른이 되면 내가 모른다는 것을 인정하는 것은 금지되어 있다. 일을 하면서도 나의 유능함을 증명해야 하고, 아이를 낳거나 혹은 싱글이더라도 늙어가는 부모님과의 관계에서 책임지는 입장이 되어야 한다. 이건 보람 있는 일이지만 상당히 피곤하기도 하다. 그리고 무엇보다 새로운 것을 배우는 그 풋풋한 즐거움에서 멀어진다. 물론 어린 시절의 버너러빌리티vulnerability는 불안 그 자체였다. 하지만 일상의 많은 부분에서 '어른 노릇'을 하고 있는 나이에, 특히 이렇게 느슨하게 영어를 배우는 데에는 불안이 거의 없다.
달콤한 버너러빌리티라고 할까.

차례

(나라는 인간) 파악하기:

나다운 영어 공부를 찾기 위해

영어라는
이상한 존재감

한국 사람들에게 영어는 어딘가에 반드시 있다.

나의 영어 학습 경험을 책으로 써보지 않겠냐는, 모르는 편집자의 이메일을 읽은 순간, 남편이 있는 방으로 달려가 구석 침대에 몸을 던지고 허공에 발을 구르면서 "너무 신나, 너무 신나" 이랬다.

걸핏하면 흥분하는 나와 사는 남편의 임무는 얼음물 끼얹기. 제정신의 목소리라고 해야 할지.

"그게 말이 된다고 생각해? 그런 책을 누가 읽어? 영어 학습서도 아니고, 영어에 대한 것도 아니고, 네 얘기잖아. 그리고 영어는 누구나 다 하는 건데."

"흥!"

"뭘 쓸 건데? 쓸 게 있어?"

천장을 가만히 올려다보고 있자니, 정말 그렇다.

"그러네. 없네."

별거 아닌 일로 흥분을 잘하긴 하지만, 글쓰기에 대해서 만큼은 흥분한 적이 없었다. 심지어 뭘 써야 하는지 생각해 본 적도 없는데, 쓰고 싶다는 생각을 하다니. 이건 말이 안 된다. 글이란 생각과 쓰고 싶은 욕구가 차올라서 그 압력을 견딜 수 없을 때 한숨처럼 살살 내보내는 거 아닌가? 그런데 왜 기뻤지? 그게 이상했다.

일단 편집자와 영상통화로 만났다. 거절해야겠다고

생각하던 참이었다. 거절해야 할 이유는 차고 넘쳤다.

— 영어를 잘하는 사람이 너무 많다. 특히 젊은 사람들은.

— 나는 책을 쓸 만큼 영어를 잘하지 않는다.

— 그렇다고 영어 때문에 곤경에 처했던 적도 영어가 어려웠던 적도 없다.

— 좋은 영어 교재도 이미 너무나 많다. 무료로 볼 수 있는 유튜브 콘텐츠가 넘치고, 넷플릭스 자막 기능만 활용해도 영어 공부를 하는 데 부족함이 없다.

이런 걸 언급하긴 했지만, 나는 주로 이메일을 받고 얼마나 기뻤는지 떠들어댔다. 만나본 적도 없으면서 제대로 자기소개도 하지 않고 화면 너머 두 손을 되는 대로 흔들며 떠드는 나를 이상한 여자라 여기겠지 싶으면서도 말을 멈출 수가 없었다. 결론적으로 나는 덥석 제안을 받아들였다. 그리고 몇 달 동안 시시때때로 남편을 붙잡고 똑같은 소리를 해댔다.

"다시 연락해서 못 쓰겠다고 해야 할까? 내 이야기를 들으면 좋을 거라고 독자들에게 배짱 좋게 늘어놓을 이야기가 하나도 없어."

생각이 조금도 나아가지 않는 통에 나는 그 이상한 기쁨을 수백 번쯤 다시 생각했다. 참을 수 없이 터져 나왔던 웃음. 글쓰기의 문제는 절대로 아니다. 뭔지 모르지만 그건 영어다. 이해할 수 없는 기쁨과 영어에 대해 생각하다가 퍼뜩 떠오른 사람이 있다. 바로 우리 엄마.

70대 엄마는 영어와 어떤 관련도 없이 살았다. 당신도 그렇지만 주변에 영어권 국가에 사는 친척 한 명도, 팝송이나 외국 영화를 좋아하는 사람도 없었다. 그러다가 만난 사람이 미국에서 자라는 손녀, 우리 애들.

국제전화를 하거나 만날 때, 우리 엄마는 손녀들에게 이상한 영어 단어로 의사소통을 시도한다. 영어로 문장을 말할 수는 없더라도, 어떻게든 영어로 소통하려는 시도다. 이 시도가 정말 이상한 이유는 아이들이 한국말로 막힘없이 긴 대화를 나눌 수 있기 때문이다.

아이들도 나도 엄마에게 여러 번 말했다.

"할머니, 저 한국말 다 알아들어요. 하고 싶은 말도 다 할 수 있고요. 편하게 한국말로 하셔도 돼요."

하지만 엄마는 포기하지 않는다. 엄마가 발음하는 영

어 단어는 도저히 영어라고 짐작조차 할 수 없고, 대화 상황에서 절대로 통하지 않을 어긋난 용법의 단어다. 예를 들면 방학에 대한 이야기를 할 때, 엄마는 꼭 베케이션 vacation이라고 외친다. 겨울방학과 봄방학은 각각 겨우 한두 주씩이라 이런 방학은 브레이크break라고 하고, 여름방학은 방학이 아니라 한 학년이 5, 6월쯤 끝나고 8, 9월에 새 학년이 다시 길게 이어지기 때문에 그저 서머summer라고 한다. 이곳에서 서머 베케이션이라고 하면 집을 떠나 여행을 가는 것이지 방학과 연결되지 않는다.

게다가 엄마의 브이v 발음은 비b 발음도 아니어서 아이들은 당황한다. 엄마도 한국어의 비읍 발음이 아니라 아랫입술을 깨물어야 한다는 것을 어딘가에서 듣고 시도하기 때문에, 정말 이상하다. 엄마가 그냥 비읍 발음으로 베케이션이라고 했다면 한국식 영어 발음에 익숙한 아이들이 알아들었을 것이다. 아이들은 할머니가 하는 말이 영어라는 사실을 모르고, 자기들이 모르는 한국어 단어인 줄 알고 그 뜻을 묻고, 다시 엉뚱한 대답과 질문이 이어지곤 한다. 그런데도 엄마는 이상하게 포기하지 않는다. 간신히 아이들이 알아듣고, 엄마가 하려던 한국말을 확인한다.

"아, 할머니, XX 뜻으로 말씀하시는 거죠?"

엄마는 여전히 영어를 고집한다. 그리고 언제나 엄마의 이야기는 다음과 같이 마무리된다.

"그래, 그러니까 그게 영어로 ○○잖아. 그렇지? 할머니가 학교 다닐 때 영어 단어를 제일 잘 외웠어. 영어 시험만 보면 항상 반에서 1등이었다니까. 그 옛날에 배웠던 단어가 아직도 생각이 나잖아."

살면서 엄마가 영어 때문에 크게 불편할 상황은 거의 없다. 그런데 엄마는 70이 넘고 나서 제일 부러운 사람이 영어 잘하는 사람이라고 거듭 말한다. 젊었을 때에는 외모가 출중한 사람, 돈 많은 사람, 자기 직업으로 출세한 사람 들이 부러웠다고 했다. 그런데 70이 넘고 보니 돈도 명예도 시큰둥한데, 영어 잘하는 사람은 여전히 부럽다는 것이다.

"엄마, 영어 잘하면 뭐 하고 싶은데? 뭐가 좋을 것 같아?"

"뭘 하고 싶어서가 아니라, 뭐가 좋을지도 모르겠어. 그런데 그냥 그래."

미국에서 살고 있고, 영어를 일상적으로 접하면서, 시시콜콜 일상의 무엇이든 글로 바꾸지 않고는 못 배기는 내가 정작 영어에 대한 글을 쓸 수 없었다는 것. 그런데도 누군가 영어에 대해 글을 써보라고 하자 솟구치는 기쁨을 느낀 것.

그리고 우리 엄마. 자신의 일상에 영어라고는 눈을 씻고 찾아봐도 없고, 노년이 무르익으면서 세상일에 많이 시큰둥해졌지만 여전히 엄마에게도 영어는 어떤 이상한 자리를 차지하고 있는 것이다. 그런 점에서 엄마와 나에게 영어의 존재감은 똑같다. 무게나 빈도가 아니라, 영어가 이상하게 자기 자신 안에 존재하고 있다는 것이 말이다.

우리 모녀만 이상한 건 아닐지도 모른다는 생각을 한다. 가만 생각해 보면 한국 사람 전부 다 다른 영어 경험, 수준, 필요성을 가지고 있지만, 한 사람 한 사람에게 영어는 어딘가 그곳에 있다. 자신만의 무엇으로. 인터넷 콘텐츠에 달리는 온갖 종류의 댓글들 가운데, 꽤나 이상한 게 영어 용법에 대한 댓글이다. 틀리거나 어색한 영어에 대한 논쟁이 붙으면 친절을 넘어, 정성스럽고 때론 과격한 댓글들이 어김없이 달린다. 그것이 조롱이든 악플이든 자세한 설명이든 그들에게도 영어는 존재의 일부를 차지하고 있는 것 같다.

한국 사람들에게 영어는 어딘가에 반드시 있다. 절대

로 사라지지 않고 그곳에 있다. 외면해도 살아가는 데 지장이 없으나, 열심히 혹은 자연스럽게 외면해도 절대로 없어지지 않는 존재다. 미국에서 오래 살고 있는 나조차 어떤 면에서는 영어를 외면하고 무시하려고 했다. 어찌나 철저히 외면했던지, 글로 쓸 만한 게 떠오르지 않을 만큼. 이것은 절대로 검증할 수 없는 나의 주장이다. 하지만 삶이 풍요로워지는 하나의 방법은 바로 그런 존재들을 한 번 경험해 보는 것이다. 의식적으로.

우리에게 있지만 있지 않은 영어를 경험과 관심의 대상으로 끌어올리는 이야기를 쓸 것이다. 아무리 영어가 글로벌 언어라지만 진짜로 영어가 필요한 사람은 그렇게 많지 않다. 그럼에도 불구하고 각자의 한 부분에 존재하는 자신만의 영어에 대한 경험, 감정, 기억을 좋든 나쁘든 공부의 출발점으로 삼기를 바란다. 아무리 사소하고 부정적인 것이라 해도 외부의 당위적인 동기와는 비교할 수 없이 강력하게 지속되는 호기심이 될 것이다.

영어를
잘한다는 게 뭐람?

영어를 배우고 접해본 사람 중에 영어를 그냥 못하는 사람은 없다.

나는 미국에 산다. 내 체감상 한국 사람이 한 명도 없는 동네. 전교생이 1,700명쯤 되는 동네 고등학교에 한국계가 우리 애 한 명이었는데 이미 졸업했으니, 일곱 살 차이 나는 둘째가 입학할 때까지 아무도 없지 않을까 싶다.

심심치 않게 사람들이 묻는 질문.

"영어를 잘하시나 봐요? 그러니까 한국 사람 없는 동네에서 살 수 있죠."

내 답은 일관성이 전혀 없다. 뒤죽박죽 말이 터져 나오는 대로 동문서답을 하곤 한다. '잘한다' '못한다' 양자택일 질문임에도 불구하고, 뭐라고 답해야 할지 여전히 모르겠다. 대답이 일관되지 못한 데에는 두 가지 이유가 있다. 첫 번째는 내가 영어를 잘하는지 못하는지 모르겠기 때문이다. 정확하게 말하자면, 영어 실력을 잘하거나 못하는 걸로 따질 수 없다고 생각한다.

내 영어 실력에 대해 말하자면 다음과 같다.

수능 영어나 토플, (영어권 대학원 입학에 필요한 시험인) GRE 영어는 만점이거나 한두 개 틀리곤 했다. 20년 전쯤 성적이라 지금은 어떤지 모른다. 그런 점수를 받고 나서 20대 초반에 난생처음 국제선 비행기라는 걸 탔을 때,

안내 방송은 못 알아들었고, 승무원이 기내식 메뉴에 대해 어쩌고저쩌고 하는데 쫄쫄 굶지 않고 먹은 걸로 만족했다. 현재는 일상에서 영어 때문에 불편한 상황은 없지만, 엄밀히 생각해 보면 영어가 더 잘 들려서라기보다는 안 들려도 그냥 익숙한 게 아닐까 싶다. 지금도 라디오 뉴스에서 숫자만큼은 전혀 입력이 안 되고, 액션 영화에서 주인공이 소리를 지른다거나 울면서 대사를 치면 제대로 안 들린다.

말할 때는 내가 말하면서도 시제, 수, 관사 다 틀리고 있다는 걸 안다. 그렇다고 내가 하고 싶은 말을 못 하는 것도 아니다. 어색하거나 틀린 영어를 마구 써댄다. 내 말을 단번에 못 알아듣는 원어민이 가끔 있는데, 한 번만 더 설명하면 해결된다. 이것도 다시 엄밀히 생각해 보니, 나의 엄격하고 단호한 표정을 보고 알아듣는 척해주는 게 아닐까 싶다. 일상생활에서 사람을 만날 때도 상황에 따라 뒤죽박죽이다. 아이들 선생님과 상담할 때에는 뉘앙스와 숨은 의도까지 파악할 수 있다. 한국어로 한국 선생님과 상담하는 것보다 소통이 더 잘된다. 하지만 마트에서 계산원들이 던지는 농담은 반쯤은 못 듣고 놓친다. 딱 바보가 된 기분을 느끼기에 부족함이 없다.

영어로 된 웬만한 책은 한글 책만큼이나 쉽게 읽고, 「뉴욕타임스」도 즐겨 읽는다. 이렇게 읽은 내용에 대해 미국인들과 긴 대화도 나눈다. 여전히 문법에 어긋난 영어를 쓰지만 상대는 나의 이야기 자체를 흥미로워한다. 하지만 과거 대중문화나 사회현상이 주요 배경인 소설은 즐겁게 읽지 못한다. 영어로 읽으면 고유명사는 수없이 반복해야 겨우 기억한다. 그러니까 책 고를 때, 한글 책과는 다른 선정 기준이 하나 더 있는 셈이다.

쓰기로 넘어가면, 논문이나 과제를 제출할 때는 한글보다 영어로 더 쉽게 썼다. 그런데 지난해 영어로 에세이를 써볼까 폼을 잡아봤는데 탁 막혀버려서 포기했다. 이메일이나 일기처럼 생각나는 대로 쓰는 글은 어렵지 않다. 하지만 이것도 익숙해지는 데 예열 기간이 필요하다는 점에서 한국어와 같지는 않다.

나의 영어 실력에 대해서 위와 같이 구구절절 늘어놓은 이유는, 영어 실력이라는 건 '없다'는 걸 보여주고 싶어서다. 나의 영어 실력을 상중하 혹은 1에서 10점으로 따지면 도대체 뭐라고 해야 할까? 못한다고 할 수는 없지만, 잘한다고 하는 것도 이상하다. 그렇다고 중급이라 할수도 없다. 나처럼 성인이 되어서 영어를 배우는 사람들의 영어 실력은 어떤 일정한 기준으로 잴 수가 없다.

한 30대 직장인과 영어에 대해 길게 이야기를 나눈 적
이 있다. 그는 영어가 언제나 큰 스트레스고, 영어를 잘해
보고 싶은데, 어떻게 공부해야 좋을지 모르겠다고 했다.

"영어가 왜 스트레스예요? 영어가 문제가 된 상황을
말해주세요."

머뭇머뭇 생각을 떠올리려 노력한다.

"해외여행 가면 호텔 로비 같은 데서 대화가 안 돼요.
호텔 방에서 리셉션에 전화 걸어서 뭔가 물어볼 게 있을
때도 겁나고요."

이 사람 영어를 정말 못하는구나 짐작했다. 그리고 영
어 초보자를 위한 이런저런 영어 이야기를 들려줬다. 그
런데 이야기를 하면 할수록 영 흥미를 잃는 눈치다. 그래
서 이야기 방향을 틀었다.

"호텔 상황은 놀러 간 거니까, 좀 더 심각하고 결정적
인 순간들 없어요?"

그러면서 대화가 이어지는데, 영어로 된 책이나 자료
를 빠르게 읽고 보고서를 써야 한다고 했다.

"뭐라고요? 그런 일을 한다는 거잖아요. 한 번도 아니

고, 지속적으로 여러 번."

"맞아요. 하지만 자신감이 없다고요."

"일을 망친 적이 있어요?"

"그건 아니지만…."

"영어를 못한다는 게 도대체 무슨 소리예요? 전 그게 이해가 안 가요. 책을 읽고 보고서를 쓰는 건 모국어라도 꽤나 수준을 요하는 거 아니에요?"

"흠, 듣고 보니 그렇네요."

"영어를 잘하네요."

"아니에요! 그건 아니에요!"

"영어를 잘한다는 걸 인정할 수가 없는 거예요?"

"네? 그런가요? 제가 영어를 잘한다고요?"

"적어도 영어를 못한다는 건 말이 안 되잖아요."

내가 영어 초보자라고 짐작하고 늘어놓은 영어 이야기는 이 사람에게 너무 쉬워서 재미가 없었던 거다. 하지만 그는 정말 어리둥절한 표정이 됐다. 자기가 영어를 못한다는 생각을 바꾸기 어려웠던 것이다.

"그럼 영어를 잘하려면 어떻게 해야 해요? 아니, 그러니까 제 말은…."

"하하, 이미 영어를 잘하고 있어요. 본인 영어 실력에 대해서 더 정확하게 알아야 할 것 같은데요. 영어 공부가 아니라, 영어 심리 상담 같은 게 있으면 그게 더 필요할지도 몰라요. 나는 영어를 충분히 잘한다, 그렇게 생각을 바꾸는 거죠."

"그럼 어떻게 되는 건데요?"

"호텔에서 리셉셔니스트랑 왜 그렇게 말을 하고 싶은지 생각해 보게 되죠. 영어 공부를 하기 전에 그걸 먼저 생각해 보는 거예요."

"호텔에서 왜 말을 하고 싶다뇨? 당연히 해야 할 말 아니에요?"

"전 안 그렇거든요. 한국말을 쓰는 한국 호텔이건 영어권 호텔에서건 전 말을 안 해요."

"정말요? 어떻게 그럴 수가 있어요?"

"어떻게라뇨? 예약하면서 돈 냈지, 키 받았지, 그리고 정해진 시간에 나가면 그만이죠."

상대는 정말 놀라는 눈치다. 세상에 이런 이상한 인간이 있다니.

미국에서 만난 교포 중에도 영어를 불편해하는 사람

들이 꽤 많았다. 그들은 "내가 영어만 조금 더 잘하면…"으로 시작해서 이렇게 말을 이어갔다. 돈도 더 많이 벌 기회가 있을 것이고, 자녀와도 더 많은 소통을 하고, 여러 사람들과 더 자유롭게 어울리면서 더 풍요롭게 살 수 있을 거라고. 처음에는 그토록 절실한데 왜 영어 공부를 안 하는지 그게 궁금했다. 심지어 돈을 더 많이 벌 기회가 있는 것도 명백해 보였는데 말이다.

그들은 공통적으로 영어 공부를 어디서부터 시작해야 좋을지 모르겠다고 했다. 왜냐하면 미국에 살고 있으니 영어를 아예 못하는 건 아니기 때문이다. 다만 그들은 자기 실력을 정확하게 모른다. 중고등학교와 대학교를 거치면서 영어를 배우고 접해본 사람 중에 영어를 그냥 못하는 사람은 없다. 사람들은 자신의 영어 실력을 모른다. 실력을 모르는데 어떻게 공부를 할 수 있겠는가. 그리고 모르는 걸 너머 대부분 자신이 영어를 못한다고 생각한다. 뭘 못하는지도 잘 모르지만 자기가 잘하는 영어에 대해서도 모르고 있다. 못하는 거야 어차피 모르니까 그렇다 쳐도 잘하는 부분까지 내가 알지 못한다는 이유로 써먹지 못하는 거야말로 억울한 게 아닐까.

내가 여기서 말하는 실력이 영어 학원에서 원어민과

한두 마디 대화를 나누거나 토익 같은 영어 시험 점수를 말하는 게 아니라는 것을 밝혀둔다. 그런 건 실력이 아니다. 적어도 써먹을 수 있는 실력, 언어를 통해서 내가 이루고자 하는 것에 도달할 수 있는 그런 실력 말이다.

내가 한국 사람 하나 없는 동네에서 잘 살아가는 것과 영어 실력을 연결 지어 설명할 수 없는 두 번째 이유는, 낯선 사람들과 말을 통해 사귀는 것을 그다지 선호하지 않는 나의 성향 탓이다. 한국에서 한국 사람들과 어울려 살 때도 여러 사람과 말하는 자리는 되도록 피했었다. 영어와는 아무런 관련이 없다. 누군가에게는 잘 살아가는 모습이 아닐지도 모른다. 하지만 적어도 그게 영어를 못해서는 아니다. 내 영어 실력에 문제가 있는 게 아닌 것이다.

영어 실력이란 도대체 뭔지 가만히 생각해 보자. 그건 바로 남들한테 증명할 수 있을 만한 무엇이다. 누가 증명하라고 하지 않아도 이미 내면에서 남들이 봤을 때 영어 잘한다고 할까, 못한다고 할까를 스스로 체크한다. 왜 그래야 하나? 입학이나 승진을 위해 요구받는 영어 점수, 등급과 나의 영어는 다르다. 영어 실력은 내가 써먹고 싶은 대로, 내가 측정하면 그만이다. 그래야 바로 그곳에서 나의 공부를 시작할 수 있다.

평생 영어가
즐거워지는 길

일반적인 방법은 나 자신에게 딱 들어맞을 수 없다.

영어 공부를 왜 해야 하냐고 묻는다면 '무슨 질문이 그래?' 이럴지도 모르겠다. 세계 언어고, 세상이 넓어지고, 많은 정보를 얻을 수 있고 등등 대답은 뻔하지 않을까 싶다. 하지만 심사가 꼬인 사람처럼 '이러려고 영어가 필요하다고? 정말? 정말?' 그렇게 되물어 보자.

한국어로 다 할 수 있는 일이다. 번역서뿐만 아니라 영어로 된 언론 보도들도 실시간에 가깝게 한국어로 요약, 분석, 정리까지 되어 소화하지 못할 만큼 넘쳐난다. 인공지능 번역기는 하루가 다르게 성능이 좋아지고 있다. 영어는 잘하는 사람이 너무 많아서 남들한테 근사하게 보이는 것도 옛날 말이다. 물론 영어를 하면 분명 수월해지는 게 있다. 하지만 삶의 어떤 부분이 수월하다고 느끼거나 남과 차별되는 경쟁력이 될 정도로 영어를 잘하기 위해서 투자해야 하는 수고를 생각한다면, 차라리 다른 데에 에너지를 쏟는 게 효율적이다. 한국 사람 인생에서 가성비 최악인 활동 순위를 매긴다면 영어 공부가 상위를 차지하지 않을까 그런 추측까지 해볼 수 있다.

여기까지 읽고, '바로 이거야. 맞는 말이야'라고 생각하는 사람이 있다면, 안타깝지만 나와 같은 부류에 속할지도 모른다. 강하게 원하는 것도, 되고 싶은 것도 없고 열정도 부족하며 만사가 귀찮은 사람. 나와 너무도 달라서 내가 막연히 부러워하는 이들은 열심히 꿈과 목표를 향해 나아가는 사람들이다. 나도 남들 좋다는 걸 좋아하기는 하니까.

나라는 사람은, 영어 공부뿐만 아니라 일도 돈벌이도 육아도 집안일도 잘하면 좋겠지만 못한다고 해서 애달플 정도로 강렬하게 원하는 건 아닌 거다. 따라서 꿈을 향해 매진하는 사람들에게 지극히 당연하고 절실한 동기는 나에게 전혀 작동을 안 한다. 아무리 영어가 중요하고 쓸모가 있다고 해도, 굳이 그런 수고를 들여서까지 원하지는 않는다. 그런데 나는 아주 꾸준하게 영어를 공부하고 있고, 그러다 보니 어떤 특정한 환경에서는 심지어 원어민과 대등하게 영어를 써먹을 수도 있다.

생존을 위해 필수적인 것이 아닌데도 무언가를 할 때 나의 동기는 완전히 다르게 작동한다. 목적이나 목표가 없다. 안 해도 되는 이유를 시간을 들여 곰곰 따져본다. 그렇게 따져보면 이 세상에 꼭 해야 하는 일은 별로 없다. 영어 못해도, 시험에 떨어져도, 애를 잘 못 키워도 그런 사람들은 세상에 많고, 세상은 끝나지 않고, 그들도 어떤 방법으로든 살아가니까. 그래서 대체로 하다 말고, 그래서 하는 게 별로 없다. 어려서나 지금이나 항상 시간이 많아 빈둥거리면서 사는 것도 바로 이 때문이다.

그런데 무언가를 하긴 한다. 우선 아무것도 안 해도 되는 상태가 되는 게 중요하다. 그럼에도 불구하고 뭔가를 할 때, 그 이유는 그야말로 아무 쓸모도 없고, 이성적이지도 않고, 미래에 어떤 도움이 되지도 않는 것이다. 사회적인 가치판단을 내가 모르는 게 아니므로, 하면서도 '내가 이딴 걸 왜 하고 있지?' 하고 피식 웃을 수밖에 없다. 이유를 알게 되는 대신 '아, 나는 이런 걸 하는 인간이구나'라는 생각에 이른다. 나 자신만의 무엇이다. 내가 어떤 사람이라는 것에는 어떤 이유도 없다. 따라서 있는 그대로의 나의 모습보다 더 발전하고 나아지는 무엇이 될 필요가 없어진다.

대학 졸업 직후 미국으로 유학 갔을 때, 수업 내용은 고사하고 과제가 뭔지도 못 알아들었다. 그래서 나는 괴로웠을까? 물론 아니다. 앞서 밝힌 것처럼 나는 영어가 어려운 적도 없고, 영어 때문에 고생을 해본 적도 없다. 물론 영어가 안 들리는 상황은 전혀 예상치 못했다. 이때

밤을 새워서 공부를 하고 모자란 영어를 채우기 위해 애를 쓰면 좋았겠지만, 나는 그런 인간이 아니었다. 학위를 따서 의미 있고 중요한 일을 하고 싶어서 유학을 온 건 맞지만, 예상보다 더 열심히 죽어라 노력해야 하는 상황을 맞닥뜨리자 생각에 빠져들었다. '굳이 이렇게까지 해야 하나?'

당장 짐 싸서 한국에 돌아갈 수도 있지만, 이미 학교 등록도 했고 몇 달의 시간이 있다. 자, 이제 뭘 할까? 나만의 무엇을 신나게 하는 거다. 그게 뭐지? 그걸 어슬렁거리며 찾아보는 거다. 영어나 공부를 잘해야 한다는 목표가 있으면 절대로 보이지 않는 것들, 바로 내 흥미를 끄는 것들이다. 시간도 많아야 하지만, 더 중요한 것은 괴롭지 않아야 한다. 영어나 공부를 목표로 하면 절대로 이상한 흥미 같은 건 생겨나지 않는다.

괴롭지 않기 때문에 학교 수업에 빠짐없이 나간다. 들리든 말든, 과제를 제대로 했든 말든, 남 일 구경하듯 간다. 한국인이 아닌 사람들이 토론하는 건 처음 보니까. 그중 내 관심을 끈 건 "말 끊어서 미안하다 Sorry to interrupt"는 말. 도대체 저런 말은 왜 하는 거지? 90년대 말까지 한국에서는 그런 말을 들어본 적이 없었다. 미국인들이 예의

바를 때도 있지만, 가차 없이 상대를 압도하기 위해 쓰는 핑계 같은 느낌이 들 때도 있다. 한국의 토론 장면에서는 볼 수 없는 너무도 낯선 광경이었다. 한 사람의 말이 어떻게 이어지고, 다른 사람의 말로 어떻게 연결되는지, 그걸 유심히 관찰했다. 수업 내용은 잘 들리지도 않고, 점수 따는 것과는 아무 상관도 없지만, 아니 상관이 없었기 때문에 나는 너무도 즐겁게 수업에 집중했다. 집에 돌아와서는 미리 수업 토론 자료를 보면서 다음 수업에서 내가 끼어드는 실험을 하기 위해 준비했다. 끼어드는 건 정말로 고도의 언어 활동이라서 성공할 때가 많지는 않았다. 그래도 나만의 사냥감을 노리는 심정이 얼마나 짜릿하고 즐거웠는지.

학교 밖에서는 마트를 찾아다녔다. 어느 날 마트에 갔는데, 구멍이 뚫린 커다란 치즈 덩어리를 봤다. (다시 말하지만 90년대 말이다.) 깜짝 놀랐다. 그때까지 내게 치즈는 투명 비닐에 한 장씩 포장된 노란 슬라이스 치즈뿐이었다. 그런데 어려서 봤던 만화영화 〈톰과 제리〉에 나온 치즈가 실재한다니. 나에게는 엄청난 발견이었다. 마트를 헤집고 다니며 라벨을 읽고 이름을 익히고 사 먹어봤다.

그리고 고급 마트에 가면 담당 직원과 대화를 나눌 수 있다는 것도 알게 됐다. 모든 직원이 다 그런 건 아니지만, 하나 물어보면 줄줄이 설명을 해주는 것도 미국식이었다. 다음에 가면 뭘 사 먹어볼까 하는 기대로 가득했다.

학위를 위해, 영어 실력을 위해 차근차근 꾸준히 열정적으로 공부하는 게 물론 가장 바람직하다. 그런 훌륭한 사람들의 이야기를 우리는 많이 들었다. 왜냐하면 그들은 정말 훌륭하니까 '나는 이렇게 공부했다'고 말해도 된다. 하지만 나는 그렇게 할 수가 없다. 나의 재주는 그런 바람직하고 쓸모 있는 목표를 포기하는 것뿐이다. 나는 그들처럼 훌륭할 수 없다는 걸 냉정하게 인정한다. 하지만 여기서부터 재미가 시작된다. 이 재미는 실용적이지는 않지만, 이상하게 꽤나 오래 나에게 생생하게 남는다.

나중에 영어가 더 익숙해지면서 알게 된 사실. 영어가 들리지 않았을 때, 사람들의 표정이나 말의 템포 등 비언어적인 메시지에 집중해 미국인들이 어떻게 대화를 장악하는지를 살핀 건 정말이지 엄청난 기회였다. 여전히 엉망진창인 문법으로 말하지만 내가 미국인과의 대화에서 주도권을 가질 수 있는 건 바로 이 공부 때문이었다. 상대방의 말을 다 못 들어도, 내 영어가 원어민의 것과 같지 않아도, 대화 전체의 흐름과 구조는 내가 한 수 위에서 보고 이끌어갈 수 있다는 자신감은 그렇게 생겼다. 이건 책으로도 배울 수 없고, 다른 누구도 가르쳐줄 수 없다. 왜냐하면 그건 나에게 딱 맞는 방법이기 때문이다. 나라는 사람의 성격, 내가 말하고 싶은 내용, 내가 사람과의 관계에서 무얼 좋아하고 싫어하는지에 맞는 대화 주도법이다. 일반적인 방법은 나 자신에게 딱 들어맞을 수 없다. 반대로 나에게 딱 들어맞는 방법을 찾으면 평생 영어가 즐거워진다.

재밌게 공부한다는 것에 대해서도 생각해 볼 수 있다. 공부는 재밌을 수 없다. 내가 재밌다고 했던 것들도 사실 하는 동안에는 인내와 끈기와 몰두를 요한다. 특히 아이들을 가르칠 때 재밌게 가르친다는 것에 내가 의심을 품는 것도 같은 맥락에서 그렇다. 공부는 절대로 유튜브 보는 것, 연예인 사진 구경하는 것만큼 재밌을 수 없다. 하지만 공부를 멈출 수 없게 하는 재미는 나로부터 나온 동기 때문인 것이다.

학교 다니는 것도, 일상생활도 무지하게 즐거웠지만, 학위는 못 땄다. 하지만 내 재미만 추구했던 것도 그렇게 심하게 헛짓은 아니었다. 결국 영어 실력이 이상하게나마 쌓인다. 그것도 평생 그치지 않고. 내가 재밌으니까. 가장 나쁜 건 내가 어떤 부류의 사람인지 모르는 것이다. 학위나 뛰어난 영어 실력을 얻겠다는 목표를 포기하지 않았다면 나는 괴로움에 시달렸을 것이다. 공부를 하면서 괴로운 게 아니라, 제대로 하지 않는 데에서 오는 괴로움. 그래서 나만의 흥미를 충족하는 즐거운 탐구 거리를 알아채지 못했을 것이다.

나 같은 사람은 아무리 쓸모 있고 거창하고 훌륭한 목표도 별로 강하게 원하지 않는다는 걸 아는 게 출발이다. 그걸 충분히 납득하고 나면, 다른 종류의 동기, 나만의 흥미를 유발하는 그런 동기가 생겨난다. 그러기 위해서 객관적인 수준이 아닌, 나에게 충분하게 긴 시간을 허락한다. 어른의 영어 공부에서 지켜야 할 시간은 없다. 그 점이 목표 지향적인 사람을 맥 빠지게 할 수도 있지만, 목표 없이도 가만히 머물 수 있는 사람에게는 드디어 때가 온 셈이기도 하다.

자기 계발과
덕질

영어만 잘해도 평생 굶지는 않을 거야.

대학에서 영문학을 전공했다. 전공을 택한 특별한 이유는 없다. 종이로 된 입학원서를 대학에 가서 직접 제출하던 시절이었다. 아버지가 대신 제출하러 가셨는데, 과를 끝까지 채우지 못해서 아버지더러 아무거나 써도 상관없다고 한 게 영문과에 낙찰됐다. 관심 있는 분야도, 되고 싶은 무엇도 없었다. 영어도 입시 문제만 풀면 그만일 뿐, 따로 원서를 읽거나 팝송을 듣지도 않았다. 집에 돌아온 아버지는 말씀하셨다. "영어만 잘해도 평생 굶지는 않을 거야." 그 말씀을 하는 아버지는 어쩐지 쑥스러워했다. 나도 이상한 기분이었다. 굶지 않는 정도면 너무 소박하다. 하지만 동시에 그건 너무 욕심꾸러기 같기도 했다. 그렇다. 그 시절엔 청년 실업이라는 말이 없었다.

대학에 입학하자마자 교수님들은 입을 모아 말씀하셨다. "영문과에서 영어 안 가르쳐줄 거다. 영어 해서 너네들 잘 먹고 잘 살게 만들어주려는 게 대학 교육 아니다. 그러니까 영어는 네 돈 내고 학원 가서 배워." 그 순간 '도대체 이게 무슨 소리람' 싶으면서도 확신했다. 이 말은 앞으로 오랫동안 잊어먹지 않을 것이고, 지금 당장은 내가 이 말을 이해하지 못하지만 뭔가 더 큰 게 있다는 걸.

그리고 몇 년도 지나지 않아, 전 세계적으로 각자도생

의 시대가 도래했다. 몸값과 스펙을 높이고 자기 자신을 갈고닦아 거대한 꿈을 향해 나아가는 것이 살아 있음의 의무처럼 되어버렸다. 영어는 그중에서 단연 기본 중의 기본이 됐다.

남들과의 경쟁에서 이기기 위해, 나 자신의 부족함을 채우기 위해 영어를 공부한다는 것은 내게 여전히 이상하게 다가왔다. 아버지와 교수님들이 말했던 '나 잘 먹고 잘 살자'고, 현재의 나와 다른 내가 되어야 하는 일이란 뭘까. 나는 평범하게 세속적인 사람이니 잘 먹고 잘 사는 일은 중요했다. 하지만 작지만 사라지지 않는 어떤 창피함, 쑥스러움이 남았다. 그렇게 자기 계발과 닿아 있는 영어 공부를 하는 건 별로 즐겁지도 않았다. 더 중요한 건 그 즐겁지 않음에는 나의 영어 실력이 영원히 부족하리라는 느낌이 차지했다.

한편으론 무한 경쟁 시대에 맞서는 항생제 같은 무언가가 있지 않을까 줄곧 생각해 왔다. 꽤 오랜 시간이 흐른 뒤 내가 발견한 건 바로 '덕질'이었다. 적어도 내가 원하는 게 이런 거였다. 이렇게 영어를 쓰고 싶었다. 영어 공부도 아니고, 영어를 덕질하는 것. 나만의 방식으로 오로지 내가 원하는 만큼 그렇게 내 멋대로 영어를 대하는 것이다.

그러자 떠오른 가장 즐거웠던 영어 공부의 기억. 중세 영어 수업을 듣던 학기였다. 중세 영어로 쓰인 제프리 초서Geoffrey Chaucer 작가의 『캔터베리 이야기』를 읽기 위해, 영어 사전 두 권과 백과사전 한 권을 중세 영어 원본 양 옆과 위에 배치한 채, 거의 한두 단어를 전진하지 못하고 사전 세 권을 뺑 돌아야 했다. 읽어 가야 하는 분량은 애초에 포기해 버렸다. 따라서 학점도 포기했다. 사실 당시 학교 공부 전체를 거의 내팽개쳐 두고 있었다.

그리하여 세월아 네월아 이상한 중세 영어를 현대어로 찾고, 그것을 맥락에 맞게 재조합했다. 한 단어씩 천천히. 딴청도 부리지 않고 온전히 집중해서 한 시간을 보냈으나 한 페이지도 해석해 내지 못했다. 진도는 신경 쓰이지도 않았다. 마음에 드는 중세 단어가 있으면 한참을 바라만 보기도 했다. 이제는 사용하지 않는 구조의 문장도 순서대로 읽고 또 읽으며 이미지를 그려갔다. 실제로 읽는 걸 멈추지 않으면서 낙서도 많이 했다. 중세 영어를 배우겠다는 목표는 당연히 없었다. 다 읽지도 못했지만 마치 내가 쓰기라도 한 것처럼 자유롭게 작품을 느꼈다. 성 역할, 사회적 역할의 도덕성이나 옳고 그름이 아니라, '나에게는 그저 이야기일 뿐이야' 이런 통쾌함에 대해 처음으로 구체적으로 생각했다.

　내가 이해하기에 덕질은 그런 것이었다. 아무런 실용적인 목적이 없지만 '이건 나의 이야기야'라는 확신을 만들어가는 과정. 미국 시골로 이사 오고 나서, 도서관과 서점을 누비며 농사, 목공, 바느질과 뜨개질, 요리, 식물채집, 가축 기르기, 비누와 화장품 제작 등을 다루는 온갖 종류의 실용서를 탐독했다. 시골에 이사 왔으니 이런 것들을 배우려는 목적도 있었지만, 그것뿐이었다면 책을 읽을 필요는 없었다. 나는 저자들이 어떤 인생의 경로를 지나서 책까지 쓸 정도로 기술을 익히게 됐는지 그 이야기를 수집하고 있었다. 한 사람마다 다 달라서 절대로 복제할 수 없는 그런 이야기에 탐닉했다.

　예를 들면 어떤 손글씨 책의 저자는 마트에서 아르바이트를 하며 상품 이름과 가격을 쓰고 거기에 설명을 덧붙이는 일을 맡았다가 자신이 일하는 가게와 상품에 어울리는 글씨체를 연구하기 시작했다는 것이다. 아르바이트를 하며 글씨체를 연구하다니. 한국의 실용서에서는 상대적으로 찾기 힘든 길고 자세한 자신의 이야기가 주가 되는 실용서 읽기에 오랜 시간을 들였다. 영어에 대한 또 다른 나의 덕질이었다.

덕질이 단순히 자기만의 이야기, 자기만의 즐거움에서 그치지 않는다는 생각이 들기 시작했다. 효율성을 강조하거나 획일적인 가치관이 아니라, 각자 다른 방식으로 자신만의 삶을 만들어가는 모습은 이 세상 전체의 너그러움을 키우는 시도가 아닐까 싶었다. 자기 계발의 수단이 된 영어지만, 그것이 단지 남과의 경쟁에서 이기기 위한 수단이 아니라, 나만의 즐거움, 나만의 이야기, 자기 탐구의 수단이 된다면 영어 공부가 오래오래 즐겁지 않을까. 내키는 대로 하는 영어 공부가 이 세상의 다양한 사람들이 자기 멋대로 살아도 좋다는 그런 작디작은 허용이 될 수도 있다.

끝에서
시작하는 목표

**영어를 완벽하게 잘하기 위해서
기초에서 출발해 수준별로 접근하지 않는다.**

영어를 잘하려는 목표 없이 영어 공부를 멈추지 않고 계속하는 방법에 대해서 지금까지 말했다. 이런 목표 아닌 목표를 갖는 건 나의 개인적인 성향에서 비롯됐다. 그럴 듯한 욕심이나 야망은 없지만, 소심해서 실패를 싫어하고, 체력도 약하고, 게으른 성향. 이런 성향을 가지고도 영어 공부를 멈추지 않고 꾸준히 해서 때로 유용하게 써먹을 수 있는 길은 따로 있다.

중요한 것은 내가 이런 인간이라는 것을 알고, 선택을 하는 것이다. 공부를 시작하기 전에 목표를 세심하게 선택해야 한다. 인정받을 만한 목표와 그에 대한 열정이 있고, 성실하며 포기하지 않고 끝을 볼 수 있는 사람들에게는 필요 없는 단계일 것이다.

외식 사업가 백종원 씨는 한 예능에서 자신의 중국어와 스페인어 실력에 대해 이렇게 이야기했다. 출발은 중국 음식과 멕시코 음식을 너무도 좋아한 것이다. 그래서 현지에 가서 음식을 자주 먹었다. 처음에는 통역을 통해서 음식을 주문하고 질문을 했다. 그러다가 현지 식당에서 쓰는 메뉴판을 여럿 구했다. 그리고 그 메뉴판을 샅샅이 공부했다. 발음이며 단어의 미세한 차이까지. 점차 요리사에게 직접 질문하기 시작했다. 음식을 주문하고 그에 대해 묻고 식재료와 맛에 대해 이야기를 할 때만큼은 중국어도 스페인어도 원어민이라고 해도 믿을 정도가 됐다고 한다. 그의 중국어, 스페인어 실력을 어떻게 평가해야 할까? 그는 단지 사업을 위해 외국어를 배운 걸까? 예능에서 지나가며 한 이야기니 더 이상 깊은 사정을 알 수는 없지만, 나는 미국에서 외식업으로 크게 성공한 한인들 중에 그만큼 자신의 음식에 대해 영어로 말하지 못하는 사람들을 꽤 안다. 사업에 성공하기 위해서 반드시 외국어가 그만큼 필요한 건 아니다. 외국어를 잘하기 위해서도 아니었다. 음식을 좋아했고, 음식에 대해서 이야기하고 싶었던 것이다.

동기를 다룬 글에서 나는 20여 년 동안 〈톰과 제리〉만화영화에 나온 치즈에 대해 아무런 생각을 해본 적이 없다가 미국에 갔을 때 실제로 그 치즈를 발견하고 치즈에 관련된 온갖 단어들을 외우기 시작했다고 썼다. 하지만 나는 음식 이야기를 하면서 원어민 수준에 도달하지 않았다.

그럼 나의 영어 공부는 실패인 걸까? 당연히 그렇지 않다. 백 씨는 요리사와 시장 상인 들과 재료에 대해 이야기하는 것을 좋아한다. 그걸 하고 싶었을 것이다. 하지만 나의 관심은 온전히 생각에 있었다. '어떻게 내가 그렇게 좋아하던 만화를 그토록 많이 보면서 치즈에 대한 궁금증이 없었을까?' 그 생각을 계속하는 게 재밌었다. 그 생각을 계속 끌고 나아가는 게 목표였다. 따라서 나는 치즈 이름을 알고 먹어보고 그리고 도움을 주는 사람과 무리 없는 대화를 나누기만 하면 된다. 영어를 공부하면서 내 생각의 영역이 넓어지는 게 좋다. 나는 영어로 내가 무엇을 하는 걸 좋아하는지를 분명하게 알고 있었다. 백 씨도 그걸 알고 시작한 것이다. 그래서 그는 자기소개나 날씨 이야기 따위로 외국어를 시작할 필요가 없었던 것이다. 자기가 좋아하는 것을 하다 보면 나중에 그런 이야기를 하게 되겠지만….

영어 공부뿐 아니라 내가 설정하는 목표들은 죄다 이런 식이다. 남들은 도저히 이해할 수 없는 나 혼자만의 목표랄까. 이걸 일반적인 목표라고 부르기에는 조금 이상한 특징이 있다.

첫째, 무조건 성공한다. 과거 원하는 바를 머릿속에 그리고 그것을 매일 되뇌면 우주가 도와줘서 이루게 된다는 이야기가 성행한 적이 있었다. 처음 얼핏 들었을 때에는

'아! 맞아! 내 이야기잖아' 했다. 거듭 말하지만, 나는 영어 공부든 무엇이든 어려워서 고생해 본 적이 없고, 원하는 건 뭐든지 다 이뤄졌으니까. 하지만 관련 책을 후루룩 펼쳐 보면서 무지 실망했다. 나는 불확실한 목표를 아예 세우지 않는데, 이런 책에는 온통 실현 가능해 보이지 않는 목표들만 가득했다. 예를 들면, 동시 통역사처럼 어떤 분야의 주제든 문법적 오류 없이 매끈하게 영어와 한국어를 실시간으로 통역하겠다, 라는 목표는 내 머릿속에 도무지 떠오르지 않는다. 도대체 그런 일이 하고 싶지도 않고, 될 것 같지도 않은데, 괜히 시도했다가 실패할 이유가 없는 것이다.

하지만 어릴 때 만화영화에서 본 치즈라는 실체를 실컷 느껴보겠다는 목표는 어떻게 실패할 수가 있겠나? 이미 치즈 이름 하나만 더 알아도 내가 원하는 걸 이루는 것이다. 또 다른 치즈 이름 역시 더 알고 싶으니까 알아본다. 그렇게 내가 재밌을 때까지 실컷 진지하게 파고든다. 목표는 시작부터 바로 달성하게 된다.

둘째, 끝에서 시작한다. 치즈 단어를 재밌는 만큼 알기, 영어를 통해 생각 확장하기 같은 목표는 구체적이다. 물론 구체적이고 분명한 목표라는 건 으레 측정 가능하고 남들에게 인정받을 수 있는 것에 한정될 수도 있다. 하지만 나는 그것보다 나에게 구체적인 것이 중요하다. 따로 측정할 필요 없이, 당장에 확인할 수 있다. 치즈 이름 하나를 새로 아는 것만으로도 즉각적으로 목표에 다가간 것이다.

영어를 완벽하게 잘하기 위해서 기초에서 출발해 수준별로 접근하지 않는다. 영어를 잘한다는 것은 너무도 불확실한 목표라 남들이 쉽다고 정해놓은 곳에서 출발해야 한다. 하지만 내가 원하는 목표가 확실할 때, 그것이 나의 즐거움일 때는 출발은 곧 끝이기도 하다. 가령 내가 가장 좋아하는 마트의 치즈 코너에 있는 치즈를 다 먹어보겠다는 걸 목표로 세웠으면 하나씩 사서 발음을 알아보고 스펠링과 맛을 맞춰보면 된다. 역사나 먹는 법, 혹은 회사에 대한 조사도 해본다. 당연히 영어 공부가 된다. 영어를 공부해서 그런 세계를 알게 되는 것이 아니라, 관심 있는 치즈를 파고들다 보면 영어가 따라오는 것이다.

여기서 꼭 덧붙여야 할 이야기. 그럼 수능 영어, 토익이나 토플, GRE 같은 영어 시험은 어떻게 하나? 이런 시험에서 한두 개 틀릴까 말까 하는 점수를 받았다고 말했다. 그런데 이런 점수를 받고 미국으로 유학 간 직후에 영어로 할 수 있는 게 아무것도 없었다고도 했다.

만점 받는 게 목표였을까? 영어를 잘하는 게 목표였을까? 당연히 아니다. 영어 시험뿐 아니라 모든 시험에서 나의 목표는 공부 시간을 최대한 줄이고 최대한 높은 점수를 받는 것이다. 시험을 망치거나 떨어졌을 때 기분이 나쁘기는 하지만 나는 절대로 망했다고 생각하지 않는다. 시험에 통과하지 못하면 그것도 괜찮다. 일단 해보고 그 길이 아닌 걸로 판명되면 그걸 아는 것으로 족하다. 이건 아주 중요한 차이를 만든다. 한국에서 대학 입시를 눈앞에 둔 아이들을 과외할 때는 언제나 이 질문부터 던졌다.

"공부하는 데 시간 얼마만큼 쓸 거야?"

아이들이 처음에는 질문을 이해 못 하고 우물쭈물한다. 대부분 그냥 공부를 오래 하는 걸 당연하게 생각한다. 그러면 나는 설명한다.

"공부하는 게 그렇게 좋아? 이건 진짜 공부도 아니고, 그냥 시험이야. 점수 따는 거라고. 게임 같은 거야. 공부 말고 하고 싶은 건 없어? 공부하려고 사는 건 아니잖아. 그러니까 내 말은 시험 공부 시간을 가장 적게 쓰면서 점수를 높이는 게 좋은 거 아니냐고."

믿지 않는 눈치다. 그러면 다음으로 아이들에게 요구하는 게 있다.

"지금 내가 여기 없다고 생각해. 그리고 네가 평소 공부하는 대로 해봐. 물을 떠 오든 화장실을 가든 어떤 책이나 노트를 꺼내든…."

더불어 아이의 일주일 치 일과, 시시콜콜한 습관과 공부 시간을 기록하는 숙제를 반드시 낸다. 목적은 공부하는 시간을 줄이기 위해서, 그리고 당연히 점수를 올리기 위해서.

결론부터 말하자면, 아이가 공부를 시작할 때 예열 같은 거 없이 바로 틀린 문제로 돌진하게 하기 위해서다. 끝에서부터 시작하고 무조건 목표를 이루는 게 목표라고 했다. 아주 많은 사람들이 그냥 공부를 잘하기 위해서 교과서를 읽고, 영어를 잘하기 위해서 영어 공부를 한다.

틀린 문제를 정면으로 마주하는 것은 고통이다. 그 고통으로 돌진한다. 공부를 오래 그리고 잘할 생각을 하기 때문에 책상 정리를 하고, 화장실을 가고, 영어의 모든 것을 알기 위해서 기초부터 시작하는 것이다. 바로 틀린 문제로 돌진해서 한자리에서 하는 공부는 30분, 길어야 한 시간 안에 끝내야 한다. 대신, 그 시간은 고통과 집중으로 가득 차야 한다. 즐거운 고통이라고 해야겠다. 틀린 문제, 그 마지막 목표로 돌진하는 것이니까.

이런 훈련이 되어야 실제 시험 시간에 영어 지문을 보지 않고 바로 문제로 돌진하고, 시험의 패턴을 익히게 된다. 시험을 내 방식대로 이해하고 패턴에 나를 맞추는 것이다. 다시 말해 게임의 패턴과 규칙을 숙달될 정도로 익혀서 나의 것으로 만드는 것이다.

시험을 통해서 영어 자체의 실력을 늘리고 싶다면 영어의 모든 분야, 모든 주제에 대해서 끝없이 공부해야 한다. 그렇게 최고점으로 가려면 그야말로 모든 시간을 다 갈아 넣어야 한다. 그게 시험 출제자의 목적일지는 모르겠지만, 나까지 따라 할 필요는 없다. 내가 어떤 식으로 시험 공부에 투입할 시간을 줄이고, 내가 잘 틀리는 문제에 돌진할지는 나의 게임이다.

이건 꽤나 진지한 노력이기도 하다. 바로 나의 약점, 내가 틀린 문제로 돌진하는 건 직접 해보면 많은 노력이 필요하다. 공부를 하기 위한 준비 없이 곧바로 자신의 최대 약점에 다가가는 고통을 즐거움으로 인식해야 하는 것이므로 고도의 심리 게임이다. 내게 익숙한 방식으로 지식을 쌓아가는 게 아니라, 나에 대한 기존의 생각과 기대를 바꾸는 건 불안하고 고통스럽고 힘든 일이다. 그렇게 눈물을 삼켜가며 움직이지 않는 돌을 미는 기분으로 30분을 꽉 채운다.

이것이 고득점을 얻는 방법이라고 주장하는 것은 아니다. 이미 말했지만, 오랜 시간을 충분히 들여 완벽한 수준에 도달해 시험을 보는 것이 바람직하고 이해하기 쉬운 목표일 테니. 하지만 나 같은 인간은 그렇게 시작하다가는 얼마 지나지 않아 공부를 때려치울 게 뻔하다. 시험에 합격해서 따라오는 결과들에 대해 의심이 많으니까. '굳이 이렇게까지 힘들게, 다른 건 아무것도 못하고 공부만 하면서 꼭 이뤄야 하는 걸까? 영어 못해도 해결 방법이 얼마든지 있는데 뭐 하러?' 이러면서 포기하게 될 것이다. 따라서 나 같은 성향의 사람은 아주 다른 목표가 있어야 끝까지 간다. 물론 그 끝이라는 게 내 마음대로, 내 재미에서 끝이긴 하지만. 어쨌든 그 재미가 지속되는 한에서는 아주 오래 때로는 아주 깊이까지 가기도 한다.

목표와 경로가 가장 구체적으로 정해진 시험조차 이렇게 다른 방식으로 접근할 수 있는데, 그냥 막연히 영어 실력을 높이겠다는 공부에서는 어떻겠는가. 부담스러운 이상이 아니라, 바로 단어 하나에서부터 이미 달성이 되는 그런 종류의 목표야말로, 멈추지 않고 계속 공부하게 만드는 동기가 될 수 있다.

영어
조기 노출에 대해

성인이 되어 온전히 외국어로 영어를 배우는 데엔
지나치기 쉬운 강점이 있다.

입사 동기인 남편과 회사를 같이 다니던 시절이었다. 국제부에서 나와 함께 일하던 선배가, 남편을 우연히 만나 농담처럼 놀리듯이 말했다.

"한국 토종 영어 교육을 받은 박혜윤이 자네보다 영어를 잘하던데, 어이, 어떻게 된 거야?"

미국에서 태어난 남편은 최초의 언어가 영어였고, 초중고는 한국에서, 대학은 영어권 나라에서 다녔다. 이 이야기를 전해준 사람은 남편이었다. 선배는 나와 같이 일하면서 내가 두꺼운 영어 책을 하루 이틀 안에 요약 정리하는 데에서 깊은 인상을 받은 것이고, 남편이 영어 하는 걸 본 적은 없다. 선배는 두꺼운 외국어 책을 빠른 시간 안에 다른 언어로 요약하는 건 꽤 괜찮은 언어 능력이라고 생각하는 사람이었던 것이다. 옮긴 언어가 누구나 편히 쓰는 모국어라 해도 말이다.

더불어, 여기에는 영어에 대해 많은 사람들이 가지고 있는 일반적인 태도가 드러난다. 영어 실력을 비교할 수 있다는 것, 그리고 어린 시절 영어에 노출된 사람은 영어가 더 뛰어날 수밖에 없다는 것. 선배는 어려서 한국식 영어 교육을 받은 내가, 해외에서 컸다는 남편의 영어에 꿀리지 않는다는 게 어쩐지 뿌듯했던 것이다. 20년 전 이야기지만, 지금도 일찌감치 현지에서 원어민 영어에 노출되는 것이 영어 실력을 키우는 무조건 우월한 방법이라고들 믿는 것 같다. 나는 그렇게 생각하지 않는다. 한국식 영어 교육이 더 우월하다는 게 아니라, 성인이 되어 온전히 외국어로 영어를 배우는 것이 절대적으로 불리하다고 생각하지 않는다. 여기엔 지나치기 쉬운 강점이 따로 있다.

이 이야기를 전해준 남편은 굉장히 언짢아했다. 단지 경쟁심에서 나온 기분 나쁨과는 다르게 미묘했다. 남편의 장점 중 하나가 아내뿐 아니라 다른 사람이 자신보다 똑똑한지 아닌지 별로 관심이 없다는 것인데, 어쩐지 영어에 대해서만큼은 민감하게 받아들였다. 그러니까 남편도 자신이 어려서 영어권 경험을 더 많이 했으니 나같이 한국에서만 자란 사람보다는 어떻게든 영어를 더 잘해야 한다는 부담감을 갖고 있는 모양이었다.

미국에 와서도 과외로 교포 학생을 가르치곤 했다. 이 아이들은 한국어로 간단한 인사 정도만 할 뿐 의사소통은 불편해했다. 영어 책을 같이 읽고 토론하거나 학교 숙제로 제출하는 에세이를 고쳐 쓰는 걸 도와줬다. 이들은 그야말로 원어민이고 나는 아니다. 그런데 책에 나온 핵심적이면서 수준 높은 단어를 아냐고 물으면, 아이들의 대답은 한결같았다.

"알긴 아는데…."

설명해 보라고 하면, 역시나 유창하게 영어로 비슷한 이야기는 하지만, 도저히 안다고 인정해 줄 수 없는 경우가 많았다. 저자의 의도를 정확하게 자신의 언어로 전달할 만큼 이해하고, 고득점의 에세이를 쓸 만큼 알지 못했던 것이다.

질문은 이렇게 이어지곤 했다.

"그래서 너는 책에 쓰인 이 단어 뜻을 안다고 생각해?"

대체로 대답은 이랬다.

"그런 것 같아요. 음… 완전히는 아니지만…."

이때부터 나의 행동은 아이가 그 단어를 알지 못한다는 것을 가르치는 것이다. 창피를 주기 위해서가 아니다. 나 역시 모국어인 한국어로 읽을 때를 생각해 보면 쉽게 이해가 된다. 어려운 철학서를 읽을 때, 이해가 안 되는 것도 아니고 되는 것도 아닌데, 계속 읽을 수는 있다. 어떤 개념어라도 못 들어본 단어는 없어서, 도대체 어디서 나의 이해가 꼬였는지를 즉각적으로 알 수가 없는 것이다. 이 책이 왜 어려운지, 어디서 이해가 안 됐는지 누가 묻는다면 대답하기 막막할 거다.

하지만 내가 영어 텍스트를 볼 때에 벌어지는 상황은 완전히 다르다. 모르는 단어나 문장에서 딱 멈춘다. 그토록 확실하고 참담한 기분이 또 있을까? 어딘가에서 들어봐서 어렴풋이 아는 그런 단어는 없다. 성인이 되어서 의식적으로 공부했기 때문에 알면 확실히 안다. 모르는 단어에서 딱 멈춰서 어슬렁거리며 시간을 보낸다. '아, 귀찮아. 단어 찾아볼까? 말까?' 생각하며 문맥을 일단 살펴본다. 어떻게든 단어를 안 찾고 넘어갈 궁리부터 한다. 안 찾아도 뜻을 짐작할 수 있을 때가 있고, 어떤 단어는 아주 분명하게, 그리고 문장에서 쓰인 의미를 정확하게 알아야만 전체 글을 이해할 수 있는 핵심어일 때도 있다. 후자일 때도 고민은 계속된다. 단어를 찾는 건 너무도 귀찮은 일이니까. 모르는 상태로 끝까지 읽으면 어떨까? 그래도 괜찮은 텍스트일까? 마치 스무고개 하듯이 핵심은 몰라도 주변 개념만 쌓아가면서 읽어도 재밌을까? 지금 이 핵심어를 알고 넘어가야 더 읽을 수 있는 텍스트일까? 의식적인 결정을 거듭해야 한다. 출발은 바로 내가 이 단어를 모른다는 것을 확실하게 알고 있다는 것! 모른다는 것을 분명하게 안다는 것은 괴로운 만큼 풍부하고 멋진 일이다.

남들이 인정하는 영어 발음과 능숙하게 쏟아져 나오는 말이 필요하다면 어린 시절 원어민이나 영어 사용 환경에 노출되는 건 꽤나 합리적인 방법이다. 하지만 나는 성인이 될 때까지 한국어를 통해서만 영어를 배웠던 것이 제한이기도 하지만 동시에 독특한 기회가 되었다고 생각한다.

나는 초등학교 입학 때까지 글을 읽지 못했다. 혼자서 글을 깨치는 재능도 없고 글을 읽겠다고 끈덕지게 노력하는 열정도 없는 아이였다. 길거리 간판들을 구경하면서 저건 뭐라고 써 있을까 궁금해하면서 가만히 서 있었던 기억이 난다. 오도카니 서서 간판이 크다거나 색깔이 어떻다 그런 생각을 많이 했다. 간판뿐만 아니라 글이 없는 풍경에 눈을 돌리기도 했다. 그리고 초등학교 입학 첫날 아이들이 순서대로 자리에서 일어나 국어책을 읽는 것을 보면서 두려움과 긴장을 느꼈던 것도 기억한다. 그런 궁금증과 긴장, 모른다는 강렬한 그 느낌을 나는 소중하게 생각했다. 창피함이나 걱정이 없었던 건 아니지만 내가 알 수 없는 미지의 세계에 먼저 들어가 있는 아이들을 낯설게 느끼는 마음이 더 컸다. 글을 읽는 것도 멋지지만, 그 모름의 상태를 의식하는 것이 더 강렬했던 것이다. 글을 읽고, 영어를 잘하게 되고, 어떤 지식을 쌓아 권력을 얻는 건 내게 별로 강력하지 않다. 왜냐하면, 그건 끝이 없는 길이니까. 영어든 한국어든 세상의 지식에 완성이란 존재하지 않는다. 무엇을 조금 더 아느냐 같은 외부의 기준에 맞추는 것은 나에게는 중요하지 않다. 하지만 모르는 상태를 의식하는 것은 이미 그것 자체로 너무도 멋진 일이지 뭔가. 나의 존재의 모든 것이 바짝 긴장한다.

'나는 이걸 모르지. 모른다는 걸 알게 됐으니, 이제 곧 알게 될 거야. 적어도 나의 의식 안에 들어온 모름에 대해서는.'

영어가 너무 어려워서 포기했다고 생각하는가? 그 생각은 어쩌면 잘못된 거다. 영어 교재를 펼치고 필기구를 들고 뭔가를 써야만 영어 공부를 하는 건 아니다. 자신을 열어놓고, 한국 뉴스건 뭘 보다가 '어, 저건 뭐지? 내가 모르는 영어잖아' 싶으면 그게 영어 공부다. 그렇게 나의 모름을 열어놓으면, 앎의 단계로 가게 된다. 모르는 것을 의식하는 것도 영어 공부라는 생각을 한다면 더 빨리 알아보게 된다. 그러면 또다시 뭔가 궁금한 게 생긴다. 오로지 나의 모름을 위한 영어 공부는 재밌을 수밖에 없다.

한국에 살아도 영어는 어디에나 있다. 요새는 간판도 메뉴판도 영어로만 된 가게들이 많다. 유튜브에 영어로 된 광고 하나만 찾아서 봐도, 줄줄이 광고가 뜰 것이다. 심지어 클릭을 해보지 않아도 제목만 읽어봐도 구미를 당기는 게 있지 않은가? 그걸 외면하려 애쓸 필요는 없다. 모르는 걸 외면하지만 않으면 배움의 기회는 널렸다. 『논어』에 실린 공자의 유명한 말 "아는 것을 안다고 하고, 모르는 것을 모른다고 하는 것이 아는 것이다", 이 말은 성인의 영어 공부에 잘 들어맞는다.

남편이나 교포 학생은 영어를 따로 공부하지 않는다. 그들은 도무지 어디서 시작해야 하는지 알 수가 없는 것 같다. 대강 다 아는 것 같은 느낌일 테니까. 마치 내가 한국어 공부를 해야 한다고 해도, 도대체 어떻게 시작해야 하는지 알 수 없는 것처럼 말이다.

여기서 끝이 아니다. 영어 공부는 절대로 영어에 머무르지 않는다. 수십 년 동안 영어를 꾸준히 하면서 이런 생각을 이어가는데 나 자신이 바뀌지 않을 수 없다. 나는 내가 모르는 것에서 딱 멈춰 서는 사람이 됐다. 모르는 것을

의식하고, 괴로워하거나 적극적으로 찾는 결정을 스스로
내리면서 나아가는 사람이 된 거다.

문법은
어떻게 쓸모 있을까?

모국어로 형성한 문법의 논리와 생각은
결코 방해물이 아니다.

프랑스어가 모국어면서 부모 중 한 명이 미국 사람이라 영어도 능숙하고 다른 유럽 언어도 추가로 하는 사람과 언어에 대한 이야기를 나눈 적이 있다. 나는 유럽 언어가 모국어인 사람이 영어를 배우는 게, 한국어가 모국어인 사람보다 훨씬 쉬울 것 같다고 말했다. 문법뿐만 아니라 단어도 비슷한 것들이 정말 많으니까. 하지만 그 친구는 그렇지 않다고 주장했다. 너무 비슷해서 헷갈린다며. 그리고 자신의 영어가 프랑스어를 침범한다고도 했다. 물론 나는 그 말을 조금도 믿지 않았다.

상대는 눈치를 채고, 동사 변화나 비슷한 어휘들은 둘 다 틀려버리게 된다며 장황하게 설명했지만, 들을수록 배부른 자의 고민처럼 들렸다. 그래서 다른 유럽 출신 사람들에게도 기회가 될 때마다 같은 의문을 제기했는데, 다들 비슷한 이야기를 했다. 어떤 독일 사람은 영어가 너무 쉽고 간단해서, 영어를 배운 후부터는 독일어 작문에 실수가 생기기 시작했다는, 나로서는 상상이 잘 안되는 신기한 이야기도 들려줬다.

그래서 일본어를 잘하는 한국 사람들에게도 같은 질문을 하곤 했다. 한국어 배경 덕분에 일본어를 배우는 게 쉽지 않냐고. 역시 한국 사람들답게 다들 일단 "나 그렇게 일본어 잘하는 건 아니야"라며 손사래를 친다. 나는 그 정도면 일본어를 정말 잘하는 거라고 열심히 칭찬을 해준다. (이럴 때마다 상대의 나이를 막론하고 속으로는 너무 귀엽기도 하고, 괜히 엄살을 부리는 것 같아서 심통이 나기도 한다. 말도 안 되는 자기 낮춤으로 관계를 만들어내는 것. 한국 사람끼리는 당연히 통하는 이 언어 놀이를 정말이지 사랑하면서도, 너무 피곤하기도 하다. 이것도 영어를 배우면서 갖게 된 미묘한 거리감인데, 이 이야기도 앞으로 할 예정이다.)

이들은 일본어를 처음 배울 때에는 확실히 영어보다 쉽지만, 그 쉬운 단계는 너무도 빨리 지나버린다고 했다. 실제 일본어를 쓰는 데에 그 쉽다는 정도는 거의 도움이 되지 않는다나? 역시 이 말도 별로 믿기지 않았다. 일본어를 완벽하게 써야 한다는 한국 사람다운 기준이 아닐까 의심했다.

이 두 이야기 모두 내 기억에 지워지지 않고 남았다. 바로 모국어를 발판으로 외국어를 이해하는 통로에 대해서. 모국어가 무엇이냐에 따라 같은 언어도 다르게 느껴진다는 것. 한편 아무리 비슷한 언어라도 그 나름의 고유성이 있다는 것. 이 두 세계를 연결하는 통로가 뭘까 항상 궁금했다. 그것은 '문법'이 아닐까 싶다. 어떤 사람도 모국어 문법을 따로 배운 후에 말을 배우는 경우는 없다. 성인이 되어서 외국어를 접할 때 문법 공부는 그야말로 모국어로 뚫린 시원한 길을 달려가는 게 아닐까 싶다. 한국어 문법을 설명한 글을 읽어보면, 정말 읽기가 힘들다. 내게 너무도 당연한 걸 논리로 풀어놓으면, 갑자기 머리가 뒤죽박죽된다. 하지만 영어 문법을 설명하는 글은 영어 자체보다 훨씬 쉽고 간결하다. 영어의 예외적인 문법조차 왜, 어떻게 예외가 되는지 설명을 읽으면 어떤 질서가 그려진다. 이 질서는 그러니까 영어라기보다 모국어로 생각하는 방식이고 능력에 가깝다.

영어 문법 책에서 전치사라는 말을 듣자마자 황홀해졌다. 앞 전과 둘 치. 앞에 위치한 단어라니. 한국어와 비교하면 상상이 불가한 이상한 세계다. 영어의 전치사를 제대로 쓰는 건 결코 쉬운 일이 아니지만, 심지어 이런저런 전치사를 배우기 전부터 나는 전치사라는 단어를 사랑했다. 전치사라는 단어가 갖는 이상한 낯섦을 인식하는 건 바로 한국어에서 출발한 것이고, 그 이상한 느낌은 영어가 아니라 바로 나에게는 의식의 영역조차 아닌 한국어를 새롭게 즐기는 것이다.

영어 문법을 배우는 일의 장점과 한계를 극명하게 보여주는 분야가 바로 관사다. 영어 문법을 열심히 주입식으로 배운 세대인 나는 미국의 대학교에서 과제나 논문을 쓸 때 문법을 잘 써먹었다. 대학교에서 운영하는 글쓰기 센터 강사에게 마지막 교정을 받곤 했다. 배운 문법을 열심히 적용하면 얼마 지나지 않아 지적받는 게 오로지 딱 하나가 되어버린다. 그것이 바로 관사. 문법을 배울 때 관사만큼 지루하기 짝이 없는 부분도 없다. 정관사와 부정관사, 혹은 아무런 관사를 쓰지 않는 경우가 나열되어 있다. 물론 예외는 끝없이 길고 길다.

하지만 이게 정말 지루한 건가? 관사에 대한 설명을 요약하자면 '특정되는 것과 특정할 수 없는 것, 셀 수 있는 것과 셀 수 없는 것의 차이'라고 되어 있다. 당연히 이 설명으로는 올바른 관사를 완벽하게 찾을 수가 없다. 한국어로 설명할 수 있는 것을 넘어서는 것이다. 이건 문법을 배워봤자 쓸모없다는 증거일까? 그럴 수도 있지만 내게는 그렇지 않았다. 특정하거나 센다는 행위가 나의 모국어이자 나의 사고 체계 안에서 존재하지 않는다는 전제를 인정하면서, 그것을 새롭게 보며 관사들을 하나씩 차분히 감상한다.

가령 fish는 왜 복수형이 단수형과 같을까를 종종 생각한다. 처음에는 그냥 복수와 단수가 같은 형이라고 외웠다. 그러다가 원어민도 이걸 규칙의 예외라고 인식하는 걸까 하는 의문이 생긴다. 이들에게 물고기는 수를 세지 않아도 불편하지 않나 보다. 명사를 볼 때마다 단수인지 복수인지 일일이 따지지 않는 게 내게 자연스러운 것처럼. 물고기를 뭉텅이로 느껴본다. 이 행위는 지루하지도 않고 느리지도 않다. 아주 많은 관사의 용법들을 가장 빨리 배우는 방법이다. 한국어를 통해서 말이다. 그리고 정말 이해가 가지 않는다는 생각을 멈추지 않으면서 하나하나 읽어간다.

지루한가? 하지만 잘 생각해 보면 이건 고속도로나 다름없다. 한국어로 설명된 문법 없이, 이런 규칙들을 체감적으로 알아내려면 도대체 얼마나 읽고 들어야 하는 걸까? 그게 가능하긴 할까? 그리고 어느 순간 한계에 부딪힌다. 그게 바로 여전히 몇 개씩 남는 잘못된 관사 선택이다. 대상을 특정하겠다거나 수를 세겠다고 생각하는 사람들의 뇌 구조를 상상해 본다. 상상한다고 절대로 알 수는 없다.

글쓰기 센터에서 관사 몇 개를 교정받고 나면 시간이

남았다. 그래서 질문을 하기 시작했다.

강사가 지적한 어색한 관사는 사실 내가 의식적인 결정을 거쳐 선택한 것이다. 나는 내가 이 관사를 선택한 이유를 설명한다. 그러면 강사는 당황한다.

"네 논리를 들으니 그렇게 써도 되겠네. 내가 틀린 것 같아. 하지만 그래도 여전히 어색한데."

물론 나는 내가 처음에 선택한 관사를 고집하려는 게 아니다. 관사에 대한 나의 선택을 넘어 논문이나 에세이 전체의 논리 구조가 근본적으로 미국인들에게 익숙한 것이 아니라는 점을 발견할 때가 많다. 그래서 다시 돌아와 글 전체를 수정하곤 했다.

이건 한국어로 글을 쓸 때는 경험할 수 없는 즐거움이다. 아, 즐거움이라고 했나? 이건 억지다. 정말 짜증 나고 귀찮았다. 관사 몇 개를 제대로 고치기 위해서 말이다. 나의 관사 선택 이유는 글 안에 녹아 들어간다. 글 전체의 뉘앙스가 아주 풍부해지곤 했다. 그 귀찮고 어색한 과정이 마음에 들었다.

온고이지신이라는 말을 좋아한다. 옛것을 익혀 새로운 것을 알게 된다는 뜻. 한국어로 된 문법 공부를 통해 영어에 도달하는 과정은 내게 바로 온고이지신이다. 언제나 외국어인 영어 앞에서 한국어로 하는 나의 사고방식은 내게 옛것이 된다. 그리고 옛것을 익힌다는 것을 나는 두 가지로 이해한다.

첫째, 옛것은 절대로 옛것으로 머물지 않는다는 것. '앞'이라는 뜻의 전, '두다'라는 뜻의 치. 혹은 특정한다거나 센다는 개념은 영어를 배우기 위해 완전히 새것으로 의식하게 됐다. 그리고 진짜 중요한 건 두 번째. 내가 이미 가진 것을 극대화시켜서 이용한다는 것. 어린아이들이 아주 쉽게 영어를 습득하는 것을 보고 놀라워한 적이 있나? 부럽기도 하다. 하지만 이 아이들은 빨리 배운 만큼 빨리 잊는다. 성인이 영어를 배우는 과정에서 모국어로 형성한 문법의 논리와 생각은 결코 방해물이 아니다. 내가 이미 가진 자산인데, 이걸 의식적이고 적극적으로 써먹지 않으면 절대로 나에게 이로워지지 않는다.

문법이 필요한지 아닌지를 따지는 건 언어교육학에서는 정말 중요한 이슈겠지만, 나는 내가 갈 수 있는 가장 빠른 길을 간다. 그리고 문법이 데려다줄 수 있는 가장 먼 곳, 그 한계조차 나는 좋아하기로 했다. 그 너머부터는 그야말로 상상의 세계다.

**(할 것과 안 할 것)
선택하기:**

**영어 공부를
지속하기 위해**

02

복종하는
시간들

배움은 다른 내가 되어보는 과정이다.

나의 영어 공부 이력에서 이상하고 엉뚱한 이야기들.

중학생이 되어 "당신은 학생입니까?" "네, 저는 학생입니다. 저는 선생님이 아닙니다." 이런 대화가 등장하는 교과서로 처음 영어 공부를 시작했다. 엄마는 어느 날 갑자기 영어 교과서의 대화 부분과 뒤이어 나오는 설명을 통째 암기하라고 시켰다. 그리고 검사했다. 거의 매일 엄마 앞에서 교과서를 외웠다. 2과를 외울 때 1과도 같이 외우기. 3과를 외우면 1, 2과도 같이 외우기. "나는 학교에 갑니다. 나는 병원에 갑니다. 나는 시장에 갑니다." 지문이 도무지 어색하기 짝이 없었다. 이런 멍청한 짓이라니. 너무 웃겨서 그냥 시키는 대로 했다. 이걸 2년이나 했다.

고1 무렵 다녔던 학원에서도 역시 이상한 걸 시켰다. 일주일에 100단어씩 암기하기. 영어 한 단어에 딱 우리말 한 단어, 이렇게 100개의 쌍이 나란히 쓰여 있는 종이를 나눠 준다. 일주일 후 시험을 보는데, 영어가 비어 있을 수도 있고 우리말이 지워져 있을 수도 있다. 문제는 시간. 쓰는 속도가 가장 중요하다. 0.1초의 주저함도 없이 손이 아플 정도로 써야지 겨우 다 풀 수 있을 정도로 시간을 조금 준다. 그러니까 생각을 하지 않고 반사적으로 쓰는 게 시험의 포인트.

여기서 끝이 아니다. 틀린 문제 수만큼 맞는다. 그렇다. 체벌이 문제가 되지 않았던 정말 옛날 옛적 이야기다. 하기 싫은 사람은 안 해도 된다고 하긴 했었는데, 어쨌든 했다. 이걸 영어 공부라고 해야 할지 모르겠다. 영단어 하나에 뜻이 딱 맞아떨어지는 한국어 한 단어라는 게 전혀 말이 안 될뿐더러, 나는 그마저도 제대로 하지 않았다. 안 틀리기 위해 받은 프린트물에 단어가 배치된 위치를 그림으로 머릿속에 입력한다든지, 위아래 단어들 순서를 외운다든지 하는 꼼수를 썼다. 어떤 단어는 한자어라 뜻도 제대로 몰랐지만 그냥 외우기도 했다. 그러니 시험이 끝나고 나면 기억에 남는 단어는 거의 없었다. 이렇게 꼬박 1년을 했다.

대학 졸업하고 미국에 간 지 얼마 후, 비디오테이프를 넣는 입구가 위에 달린 작은 텔레비전을 누가 버린다기에 집어 왔다. 안테나도 제대로 달려 있지 않아서 방송국 신호는 잡히지 않았다. 친구를 사귀기 위해 밖으로 나가는 성격도 아니었으니 하숙방에 틀어박혀서 시간 죽일 일이 아무것도 없었다. 비디오테이프를 두어 개 샀다. 너무 비싸서 더 이상 살 수도 없었다. 그중 하나가 줄리아 로버츠 주연의 〈내 남자 친구의 결혼식〉.

입을 크게 벌리고 몸 전체를 앞으로 숙이며 악을 쓰듯이 깔깔 웃는 모습의 줄리아 로버츠를 좋아했다. 이 영화를 하루에 두 번 본 적도 있고, 한 달이면 적어도 열 번쯤은 봤을 것이고, 2년을 그렇게 지냈으니 100번도 넘게 봤을 것이다. 중간에 필름이 끼어버려서 새로 샀다. 자막 같은 것도 없었다. 그냥 봤다. 나중에는 대사가 무슨 말인지도 모른 채 노래처럼 흥얼흥얼 외워졌다. 대사에 주목한 것도 아니다. '저쯤 되면 줄리아 로버츠가 웃을 거야' 그게 더 중요했다.

지금까지의 이야기에서 영어 공부에 효과적인 방법이라고 추천할 만한 것은 그리 많지 않다. 절대로 이렇게 공부해서는 안 된다, 라고 말해줄 수는 있겠지만. 이걸 공부라고 할 수 있는지조차 모르겠다. 하지만 나는 이 시간들을 아주 선명하게 기억한다. 이 시간을 떠올릴 때 '복종하는 시간들'이라고 나 혼자 중얼거려 보곤 하는 시간들. 나를 찾기 위해 나를 버리는 과정이다. 영어를 배우는 데에 나를 찾고 말고가 무슨 상관이냐고? 배움은 이렇게 정의 내려진다. 새로운 정체성을 획득하는 것. 영어라는 지식이나 기술을 습득하는 것과, 영어를 하는 사람이 되는 것은 다르다. 영어를 하는 사람이 되는 건 '나'라는 사람이 그 전과 후로 다른 사람이 되는 것이다. 내가 '나'를 다르게 인식하는 것이다. 영어를 하지 않았던 이전의 나에서 영어를 하는 '나'가 되는 과정에는 이런 복종의 시간이 반드시 필요하다고 생각한다.

우리 엄마는 아이 자체에는 관심이 전혀 없고, 사회적으로 통용되는 기준을 추종하며 나를 키웠다. 삶도 그렇게 일관되게 산다. 내가 중학생일 때에도 엄마는 어딘가에서 영어 교육 정보를 듣고 와서 나에게 강제했던 것이다. 그때는 엄마가 시키는 모든 걸 다 하겠다고 결심하던 시기였다. 나라는 사람이 엄마 마음대로 된다는 걸, 엄마가 경험하기를 바랐다. 다른 과목이나 이런저런 생활 습관은 상식에서 너무 많이 벗어나지는 않았으나, 영어 교과서를 외우는 건 너무 우스꽝스럽다는 생각을 했다. 하지만 그럴수록 나는 충실히 외웠다. 엄마 말을 잘 듣고 싶었으니까.

학원에서는 체벌에 대한 공포 때문에 고분고분 암기를 해야 했다. 당시에도 이게 나의 영어 실력 향상에 아무런 도움이 되지 않으리라는 걸 알았다. 하지만 그걸 알고도 의심을 지우고 한다는 게, 나에게 어떤 의미가 있다는 어렴풋한 느낌을 받았다. 물론 그때는 그것이 구체적으로 무엇인지 알지 못했다.

하숙방에서 줄리아 로버츠의 표정을 따라가기 위해 이해되지도 않는 말을 들으면서 견디고 기다리는 시간에 나는 세상에서 가장 멍청한 사람이 되는 기분이었다. 그날 하루 나를 스쳐 지나간 그 수많은 영어가 나에게 입력되지 않고 지나가는 상상에 푹 빠지곤 했다.

실제로 나의 영어 독해력, 어휘력, 청취력이 제대로 된 프로그램과 적절한 학습 방법을 통해 나아진 건 이 긴 시간 다음에 왔다. 하지만 '나는 영어를 하는 사람'이라는 나에 대한 흔들릴 수 없는 정체성이 만들어진 건 바로 이 기이하고 긴 시간 때문이라고 확신한다. 그게 배움의 첫 출발이라고 나는 믿는다. 어떤 시험이나 기준이 나를 뭐라고 평가해도, 다른 사람과 비교해서 나의 능력이 떨어지건 말건 '나'라는 사람이 어떤 사람이라는 것을 믿게 되는 시간들은 나에 대한 정체성이 바뀌어야 가능한 것이고, 그것은 긴 시간을 어떤 상황 속에서 나를 버리는 데에서 시작된다. 그렇게 나는 어떤 것을 배워왔다.

다시 말하지만, 이런 폭력적이고 비효율적이고 이상한 상황이 나의 영어에 도움이 됐다고 말하는 것이 아니다. 이건 내가 처한 환경이었다. 그 환경에 영어의 자리를 만드는 것이다. 나는 영어를 나의 일부로 만들기 위해 나를 둘러싼 모든 것을 수용했다. 나와 엄마의 관계의 특성, 그리고 90년대 한국 사회가 아이를 가르치는 방식과 목표, 그리고 낯선 언어 앞에서도 변하지 않는 나의 성격적인 특성. 이 모든 것들에 영어를 끼워 넣는 것이다. 내 주변의 모든 사람과 사회적 맥락과 나라는 사람의 성격이 만들어낸 어떤 상황에 영어가 절대로 빠지지 않는 새로운 맥락이 만들어지는 것이다.

무언가를 가르치는 사람은 민주적이고 학습자 친화적이고 효과적인 학습 방법을 찾아야 한다. 하지만 내가 지금 이곳에서 나로서 무언가를 배우고자 한다면, 나는 모든 사람에게 효과적인 방법을 찾지 않는다. 적어도 당장은. 모든 것을 받아들인다. 상황 자체를 흡수해서 내가 변화하는 것이다. 나로서 배운다는 것과 내가 변화한다는 것이 앞뒤가 맞지 않는 것 같겠지만, 변화하는 과정이 모두에게 같지 않고, 나만의 방식으로 변화하는 것이다. 아무리 좋은 환경이라도 오랜 시간이 걸린다. 아주 오랜 시간. 내가 예상할 수 없을 만큼, 오랜 시간 말이다. 그게 배움의 출발이다. 그 시간이 아주 오래 걸릴 거라는 걸 알기 때문에, 나는 조급해하지 않는다. 그리고 만약 그 시간이 너무 오래 걸려서 배우지 못하게 되더라도 괜찮다고 생각한다. 변하지 않는다면 변할 수 없는 '나'라는 사람은 어떠한지를 알게 되기 때문이다.

영어를 처음 배울 때 나의 목적은 영어를 비켜나 있었다. 엄마를 기쁘게 하고 싶었지만 사실은 엄마를 떠나는 날을 꿈꿨다. 나만의 생각 따위는 하지 못하게 짓밟으려는 한국 교육에 대해서는 말할 것도 없다. 폭력적이고 억압적인 교육을 뒤집어엎고 싶었다. 하지만 거기에 정면 대응할 힘이 내게는 없었다. 그 '나'를 변화시키고 싶었다. 나의 복종이 비겁한 순응이나 자기 합리화일까에 대한 의심은 그때나 지금이나 사라지지 않는다. 하지만 나는 적어도 무언가를 이렇게 배워야 한다고 생각한다.

성인이 되고 나서는 이런 직접적인 분노는 사라진다. 하지만 그 자리에 이런 의문이 생겨난다. '이 나이에 이걸 배운다고 뭐가 되겠어? 머리가 굳었는데 설마 잘 들어오겠어? 배워도 무슨 쓸모가 있겠어?' 그럴 때마다 나는 이상한 복종의 시간을 오래 보냈던 때를 생각한다. 남들보다 뛰어난 기술이나 지식을 습득하려는 게 아니라, 배움은 다른 내가 되어보는 과정이다. 아무것도 쌓이지 않는

시간, 그건 오로지 나 자신과 함께하는 지극히 은밀한 시
간이다.

내가 정하는
속도

나에게 적합한 속도를 찾기 위해
멈추고 몰입하는 데에는 고집과 자신감이 필요하다.

무언가를 배울 때 성장의 그래프는 완만하게 올라가는 게 아니라, 계단식으로 상승한다는 것은 흔히 알려진 이야기다. 아무리 공부 시간을 늘려도, 실력이 꿈쩍도 하지 않거나 심지어 어떤 구간에서는 실력이 떨어지는 것처럼 느껴지기도 한다. 그런데 어느 날 한순간에 계단을 뛰듯이 모든 것을 알 것 같은 기분이 되기도 하는 것이다. 그야말로 세상의 꼭대기에 서서 보이는 것은 오로지 내 아래밖에 없는. 물론 다시 정체 구간이 온다. 그 정체 구간에서는 현재 나의 수준보다 더 높은 곳이 보인다. 하지만 그곳에 언제 갈 수 있을지는 모른다. 다시 아무런 발전이 없는 시간이 지겹게 이어진다. 그 지겨운 시간에 대한 이야기가 이전 글이었다.

　말도 안 되는 공부 방법이든 아니든 중요한 것은 '복종'이다. 나는 영원히 이어질 것 같은 평평한 정체 구간을 꾸역꾸역 간다. 나는 공부하는 사람이니까. 내가 하는 것은 실력 향상을 위한 것도 아니고, 효과적인 공부도 아니고, 그냥 복종하는 것뿐이다. 내가 영어를 계속 하는 사람이라는 확고한 자신감을 얻기 위한 복종이다. 그다음의 도약은 저절로 오기도 하지만, 어느 날 나 스스로 훌쩍 뛰어오를 때도 있다.

미국에서 대학원 생활을 다시 시작했을 때, 당장 긴 글을 많이 써내야 했다. 내가 선택한 교육심리학 전공은 길고 긴 글들이 필요했다. 근거 없는 자신감이 차올랐다. 그것은 발전 없는 영어 공부를 지속해 온 복종의 시간 덕이라고 생각한다. 내가 써야 하는 논문에 가까운 샘플 몇 개를 앞에 늘어놨다. 그리고 모든 문장에서 처음 등장하는 다섯 개 단어에만 집중했다. 마침표가 보이면 기계적으로 다음 문장의 단어 다섯 개를 세고 그것을 중얼중얼 읽어보고 베껴 썼다. 지독하게 쉬운 문장이다. 주어에 겨우 동사가 달랑 매달린 꼴이었다. 중학교 수준 문법이고, 단어도 흔하디 흔한 것들이다. 일주일 동안 어떤 공부도 하지 않았다. 읽어 오라는 자료도 보지 않았다. 오직 그렇게만 시간을 보냈다.

이런 과정은 영어 때문에 공부가 힘든지를 판단하기 위해서였다. 영어로 논문을 읽고 쓰는 데에 어떤 불편함이라도 남는다면, 긴 글을 읽고 써야 하는 전공은 포기하기로 이미 마음을 정했다. 그걸 알아보기 위한 실험이었다. 처음부터 일주일의 시간을 정한 건 아니었다. 그런데 일주일이 지나고 나자, 논문을 쓸 때 적어도 영어 때문에 추가적으로 힘들지는 않을 거라는 느낌이 들었다. 겨우 일주일로 영어 쓰기를 해결해 버린 도약의 시간이었다. 이 이야기의 교훈을 정리하면 다음과 같다.

영어 공부를 할 때, 내가 모르는 것들을 알아가야 한다는 선입관에서 벗어나야 한다. 이미 알고 있는 것을 다른 맥락에서 새롭게 조합해서 새로운 방식으로 써먹는 것도 공부다. 논문 쓰기라는 과제에서 필요한 건 내가 몰랐던 영어 지식이 아니었다. 이미 알고 있고 너무 쉬워서 따로 공부해야 할 것 같지도 않은 간단한 문장 구조와 자주 쓰이는 단어가 공부의 대상이었다. 지식을 늘리는 게 아니라 이 쉬운 것들을 의식적으로 찾아내는 과정 없이 저절로 튀어나오게 해야 했다.

남이 정해준 프로그램이나 진도, 당장 해야 할 공부를 외면하고 내가 정한 공부에 몰입하는 시간은 실험이다. 이 실험은 절대 오래 지속되지 않는다. 다만 나에게 필요한 공부와 적합한 속도를 찾기 위해 온전히 멈추고 몰입하는 데에는 어떤 고집과 자신감이 필요하다. 당장 다음 주까지 읽어야 하는 자료들이 쌓여간다 해도 철저하게 외면해야 한다. 언제나 이렇게 공부해야 하는 건 아니다. 주어진 공부를 하며 견디는 구간과 내 마음대로 실험을 하는 짧은 구간 모두 필요하다. 실험을 해봤더니 여전히 영어로 쓰는 것에 자신감이 생기지 않았다면 어떻게 됐을까? 그것도 좋은 일이다. 영어로 쓰는 게 중요하지 않은 전공을 찾았을 것이다. 어떤 결과라도 좋다. 중요한 건 영어로 쓰기가 나에게 어느 정도 방해가 되는지를 정확하게 아는 것이다. 원하는 결과가 이미 정해져 있을 때가 아니라, 어떤 결과가 나와도 다 괜찮을 때, 나는 기꺼이 나를 던진다. 물론 결과에 따라 나의 다음 단계는 완전히 달라질 것이다. 그리고 결과에 복종한다. 다시 복종의 사이클로 돌아오기 위한 일탈이라고 해야 할지도.

반대로 내가 하지 않기로 선택한 공부도 있다. 큰아이가 10대에 들어서며 스탠딩 코미디를 즐겨 보기 시작했다. 아이가 재밌다며 같이 보자고 코미디들을 소개해 줬다. 몇 개를 골라 대사를 꼼꼼히 챙겨보고 나서, 대중문화와 관련된 어휘와 듣기의 리듬 등 영어 공부가 필요하다는 걸 알게 됐다. 아이와 대화를 나눌 때도 재미가 더할 것이고, 대중문화에 익숙해지면 미국 친구들을 사귀는 데에도 도움이 될 것 같았다. 그런데 고민하다가 공부하지 않기로 했다. 아이와 나누는 대화의 질이 더 높아질 것 같지는 않았다. 나는 아이의 친구가 아니라, 완전히 다른 성장 배경과 문화적 사고방식을 가진 엄마로서 대화를 나눈다. 우리의 대화는 그런 다른 점 때문에 풍부해진다.

내게는 스탠딩 코미디가 재미없었다. 아이와의 관계에서도 더 중요한 원칙은 내가 즐거운 것이다. 그리고 같은 이유로 미국 친구들을 그런 식으로 사귀는 데에 나는 별 흥미가 없다는 것도 깨닫게 됐다. 그러고 보니 나는 한국말로 하는 코미디 프로그램도 즐기지 않는다. 내가 좋아하는 웃음의 코드가 무대 공연의 맥락은 아닌 것이다.

공부를 하지 않았으니, 내게 영어로 된 스탠딩 코미디는 잘 들리지도 않고, 모르는 용법이나 단어 투성이다. 그러니 이 맥락에서 객관적인 평가를 하자면 나는 영어를 아주 못한다고 할 수 있다. 하지만 나는 그렇게 느끼지 않는다. 왜냐하면, 내가 결정했기 때문이다. 공부를 안 하기로. 못하는 상태에 머물기로 한 것도 나의 결정일 뿐이다.

나의
영어 공부 방법

내게 절실한 단어는 영어에서도 여전히 동사다.

나다운 영어 공부를, 나는 어떻게 할까? 내가 하고 싶은 대로, 대신에 멈추지 않고 계속하는 나의 방법은 다음과 같다.

단어를 달달 외우고, 문법 책을 뒤지고, 정해진 분량의 원서를 읽거나 과제를 제출하는 것도 당연히 했다. 토플이나 GRE 시험을 치는 건 영미권 대학을 다니려면 거치는 단계다. 그래서 20대까지는 이걸 충실히 했다. 요새는 한국 대학에서도 영어로 수업을 듣고, 영어로 과제를 하는 경우가 많다고 들었다. 그러니 어느 정도 젊은 한국 사람에게 영어 공부가 부족하다고는 생각하지 않는다.

남들에게 객관적으로 결과를 보여주기 위한 공부가 필요 없어진 이후에 이걸 공부라고 말해야 할지 모르겠지만, 나다운 영어가 획기적으로 늘었다.

나는 읽는 것을 좋아하니 내겐 어휘가 중요하다. 사전을 찾아서 죽 다 읽는다. 꼼꼼히 읽고 다 외워서 기억하려는 게 아니라, 그냥 그 단어에 머물기 위해서다. 어릴 때 종이에다가 중얼거리면서 100번씩 쓰는 것보다 훨씬 재밌다. 반대어든 유의어든 예문이든 발음이든 그냥 단어마다 흥미로운 걸 한참 들여다본다. 애써 기억하려고 하지 않는다. 그저 인상을 남기고 친숙해지면 그만이다. 아무것도 기억을 못 할 것이고 그러면 또 찾아서 즐겁게 읽을 것이다.

그러나 신경 써서 꼭 하는 게 있다. 사전에 나온 숙어나 문장 중에 재밌어 보이는 것을 외운다. 외운다는 건, 이걸 외워서 시험 보듯이 5분 후에도 기억하겠다는 것이 아니다. 사전에서 눈을 떼고 허공을 향해 소리 내서 되풀이할 수 있을 정도면 충분하다. 소리 내서! 반드시 소리 내서 배우가 대사를 읊듯이 정성 들여서 말할 수 있어야 한다. 이게 생각보다 시간이 걸린다. 반드시 두어 번은 문장을 확인하고 다시 외워야 한다.

반드시 소리를 내라고 하는 건 언어 습득의 속성 때문이다. 내 입으로 소리를 내서 내 귀로 듣는 것은 지극히 자연스러운 인간의 언어 습득 경로다. 아이들의 언어 발달 단계에서 소리 내지 않고는 책을 읽지 못하는 단계가 있다. 즉 소리를 내야만 자신에게 언어로 인식되는 단계가 반드시 존재하는 것이다. 낯설고 어려운 도전에 직면할 때, 어른도 소리 내어 말을 하는 경향이 있다고 한다. 내가 하는 말을 내가 들어야 한다. 그래야 그것이 내 생각의 도구로서 내 안으로 들어갈 수 있다. 일상 회화에서 잘 사용하지 않을 단어라도 무조건 소리 내서 읽어야 한다.

이 방법만큼은 열 번은 더 강조하고 싶다.

영어에서 내가 특별히 좋아하는 것이 '동사'다. 언어와 문화를 비교 연구하는 분야에서는 영어를 명사가 중요한 언어라고 소개한다. 동양 문화에서는 관계와 맥락이 중요하기 때문에 동사나 형용사가 발달하지만, 영어는 관계보다 홀로 서는 명사가 중요하다는 것이다. 영어에서 별별 이상한 것까지 딱 꼬집어서 표현하는 명사가 있다는 것에 놀라곤 한다. 하지만 그렇다고 해서 명사를 열심히 외우지는 않는다. 내가 표현하고 싶은 것은 결국 나의 생각이라서, 나는 동사 중심으로 생각한다. 그래서 내게 절실한 단어는 영어에서도 여전히 동사다. 특히 애정을 가지고 정성 들여 동사를 외우는 이유다. 영어로 대화를 나눌 때, 명사가 생각이 안 나면 나는 맥락과 관계를 설명하는 데에 능숙한 한국인이니 돌려가면서 설명하면 그만이다. 그러면 미국 사람이 알아듣고, 딱 그 명사를 말해줄 때가 많다. 그걸로 아주 충분히 의사소통이 되는 것이다.

동사를 정확하게 쓰려는 노력이 나에게는 훨씬 재밌고 의미 있다. 동사를 익힐 때 나는 한국어와는 다른 상상력을 동원해야 한다. 주어 뒤에 목적어가 나오는 한국어와 달리 영어는 동사가 먼저 나온다. 내게는 조금 숨이 가쁜 느낌이다. 아직 전체 맥락이 그려지지도 않았는데, 행동이 벌떡 나오다니…. 그 갑작스러운 놀라움을 느낀다. 그리고 상상한다. 아무것도 없는데 일단 주어 혼자서 행동하는 모습을. 그렇게 동사를 내 사고방식대로 음미한다.

　고전 읽기도 내가 즐겨하는 영어 공부다. 완독이나 다독의 목적은 없다. 현대에서 쓰는 영어와 다르기 때문에 해석이 안 되는 문장을 구글에서 검색하면 하루 종일 시간을 보낼 수 있다. 옛날 영어이고 유명한 작품이니 원어민도 해석을 어려워하고, 정말 많은 사람들이 인터넷에 해석과 의견을 남겨놓았다는 것을 발견하게 된다. (물론 언제나 그런 것은 아니다.) 내가 영어를 못해서가 아니라, 같은 단어나 표현도 다양하게 해석할 수 있다는 걸 알게 된다. 대학 연구 기관 사이트나 인터넷 서점인 아마존 리뷰나 개인 블로그 등 출처는 정말 많다.

　이것은 나의 호기심이고 나의 즐거움이다. 아마 누군가 드라마로 영어 공부를 하는 것과 비슷할 것이다. 나로선 드라마나 팝송으로 영어 공부를 하는 게 도무지 가능하지 않다. 나는 한국어 노래도 글자로 쓰여 있는 게 아니면 가사가 들리지도 않고, 설사 단어들이 귀로 들려도 의미가 마음으로 전달되지 않는다. 드라마도 싫어해서 영어 공부를 하자고 보고 있노라면 정말 고문과 같은 공부가 된다. 그러니까 재밌게 영어 공부 하자고 모두가 드라마나 노래 가사를 뒤질 필요는 없다.

하지만 우디 앨런의 영화 대사는 몇 번이고 멈추고 다시 보게 되는데, 그건 내게 너무도 재밌는 일이다. 대사에 나오는 철학자나 이론에 대해서 찾아보다 보면 또 하루가 다 간다. 영어 공부를 하고 있다는 기분은 전혀 들지 않지만, 그야말로 내내 영어로만 시간을 보낸 것이다. 요새는 영어 자막이 너무나 좋고, 네이버나 구글에 번갈아 가며 검색을 해보면 자료들이 무한정 나온다.

영화 한 편을 다 보거나 책을 완독해야 한다는 부담도 가질 필요가 없다. 어차피 인터넷 세계의 산만함이 극치인 시대다. 예를 들어 단어 하나가 마음에 들어서 산만하게 인터넷을 돌아다니기도 한다. passion이라는 단어가 좋았을 때, 구글에 단어를 넣어보다가 기억할 수 없는 어떤 경로로 철학자 스피노자의 passion과 passive를 설명하는 곳까지 흘러갔다. 이번에는 하루가 아니라, 한동안 그 개념을 영어로 토론하고 설명한 자료들을 찾아 읽었다. 사이트를 타고 가다가 영국의 한 대학교 철학과에서 개

설한 스피노자 강의도 들었다. 놀고 있는 건지, 영어 공부를 하는 건지 그건 알 수 없다.

냉정한
분노

당신이 한 말을 나는 못 알아들었다.
그건 내 책임이 아니다.

대학 졸업 후 미국에 도착한 바로 다음 날. 학교 구내식당에서 줄을 서서 식판에 음식을 담고 있는데 주요리를 배식해 주는 아줌마가 내게 뭐라고 소리를 질렀다. 내 귀에는 말이라기보다 그저 짧은 음성처럼 들렸다. 흑인 억양이 따로 있다는 것도 생각나지 않았다. 얼어버렸다. 그 아줌마가 다시 얼굴을 잔뜩 찌푸리고 화를 내면서 더 짧게 뭐라고 했다. 마치 얻어맞기라도 한 것처럼 충격을 받았다. 화를 내는 게 아니라, 그 동네에서는 다들 그렇게 말한다는 것도 몰랐다.

여기서부터 내 기억은 거의 혼미해진다. 그때 울었던가? 식은땀 때문에 옷이 젖어버렸나? 심장은 벌렁대고, 이미 식판에 음식을 담았기 때문에 달아날 수도 없었다. 생각해 보니 왜 못 달아나지? 돈 떼먹는 것도 아닌데. 정신을 그러모아 아줌마를 노려보면서 어깨를 크게 으쓱한 다음에 아주 천천히 계산대로 향했다. 못 알아들은 말 때문에 문제가 있다면 뒤통수에 대고 뭐라고 하겠지 싶었는데, 아무 일도 없었다.

앞에서 나는 영어 때문에 힘들거나 고생한 적이 없다고 했는데, 이게 고생이 아니고 뭐냐고? 나는 이 상황에서 자책하며 영어 공부를 더 해야겠다고 생각하거나 실망하는 대신 분노하기로 선택했다. 불친절한 아줌마에 대한 분노가 아니다. 도대체 그 상황에서 그렇게 얼어버리고 식은땀이 줄줄 났던 나에 대해서 곰곰 생각했다. 아무리 생각해도 영어였다. 영어가 사회 경제적 가치판단의 수단이며 힘이 되어버린 상황에 분노하기로 했다. 영어가 개입되는 어떤 상황에서도 내 몸이 다시는 그렇게 반응하지 않게 하려면 무언가를 해야 했고, 나의 영어 실력을 늘리는 건 아니라는 걸 깨달았다. 분노하는 수밖에 없다고 결론 내렸다. 아줌마를 향해 어깨를 으쓱했으니, 그 아줌마가 뭐라 생각하든 나는 말한 거다. "당신이 한 말을 나는 못 알아들었다. 그건 내 책임이 아니다."

나에게 분노는 화를 내는 것도 아니고, 특정한 누군가에 대한 반감도 아니다. 오히려 현실을 있는 그대로 보는 냉정한 나만의 시선이고, 그러고 나서는 반드시 행동을 한다. 나의 분노는 행동 그 자체다. 영어에 대한 나의 분노 행동 몇 가지를 들어보겠다.

나는 영어 이름이 없고, 아이들에게도 영어 이름을 지어주지 않았다. 나는 여기서 영어 이름을 짓는 일의 옳고 그름이나 합리적 선택을 말하는 게 아니다. 그런 건 사람마다 처한 사정이 다 다르니까 각자 판단하면 된다. 어쨌든 나는 미국 사람과 이렇게 만난다.

미국 사람은 내 이름을 묻는다. 그는 아무런 잘못이 없지만 여기서부터 분노 발동. 물론 나는 아주 친절하게 내 이름을 또박또박 알려준다. 상대의 얼굴에 당혹감이 감돈다. 나는 더 친절하게 말한다.

"아, 걱정하지 마. 내 이름을 발음하는 게 너한테는 어렵지, 당연히. 괜찮아."

그러면 몇 번 더 내 이름을 발음해 본다. 엉망진창 발음이다.

"기억하기도 어려울 거야. 다음에 만나면 이름 또 물어봐도 돼. 그건 당연한 일이야."

미국 사람들은 상대 이름을 기억하지 못하는 걸 정말 미안해한다. 나도 그게 미안하다. 진심으로. 이게 나의 한국인다움이라는 건 우리 애들을 키우면서 알았다. 우리 애들은 선생님이나 친구가 자신의 이름을 틀리게 발음하거나 잊어버리면 불쾌해한다. 아주 당당하게. 여기서 나는, 내 이름이 어려운 게 마치 내 잘못인 것처럼 미안한 감정이 드는 건 지극히 한국식이라는 걸 매번 깨닫는다. 하지만 나는 그런 미안함이 드는 게 좋다. 내 마음이 편안하다. 하지만 나는 여전히 분노해야 한다. 나의 분노는 행동으로 연결되는 냉정함이다. 내가 미국 사람이 되고 싶은 게 아니기 때문에, 나는 여전히 미안한 마음을 가지고 친절하게 대한다. 그리고 더 들을 마음이 있는 것처럼 판단되는 미국 사람에게는 자세한 이야기를 들려준다.

"나는 내 친할머니 이름도 까먹기도 해. 절친한 친구의 아이들 이름도 배우자 이름도 몰라. 한국 사람들은 그래. 친구 딸, 삼촌, 이모 이렇게 부르거든. 심지어 부모 이름은 입에도 올리지 못하게 해. 우리는 관계 안에서 사람을 이해하거든. 그래서 미국 사람들이 자꾸 내 이름을 물어보고, 나도 사람들의 이름을 부르면서 대화해야 하는 게 정말 어색해. 나는 이름을 기억하는 게 힘들어. 그러니까 너는 내 이름을 매번 물어봐도 돼. 나도 아마 네 이름을 매번 물어볼 거야. 아니면 네 이름을 부르지 않고 말하겠지."

아이들에게도 같은 이야기를 들려줬다. 아이들이 자신의 한국 이름을 편안하게 지키면서, 미국 사람들에게 화를 내지 않기를 바랐다. 그리고 아이들은 이름이 중요한 미국 문화를 수용했으니 영어 이름을 원한다면 원하는 것으로 골라 써도 된다고 알려줬다. 성인이 되어 영어 이름을 따로 갖고 싶다면 그건 자기들 자유다. 아이들은 자신의 한국 이름을 좋아하고 애를 낳아도 한국 이름을 지어주겠다고 한다. 농담처럼 "미국인들이 외국어에 얼마나 무신경하고 감각이 없는지 쉽게 확인할 수 있는 건 너무 화가 나지만, 동시에 재밌기도 해"라고 말한다.

사실 맞는 말이다. 첫 만남에서 미국인들이 내 한국 이름을 듣고 어떻게 행동하는지 보면 순식간에 상대에 대해 정말 많은 정보를 추측할 수 있다. 상대는 고작 내가 외국인이라는 애매한 사실만 알고 있을 때, 나는 그들의 교육 수준과 마음의 개방성, 경험의 폭 등을 추측할 수 있다. 그리고 나는 이미 특정한 누군가를 만나기 전부터 미국인들이 가지고 있는, 이름을 불러야 한다는 개별적 명사에 대한 집착을 알고 있다. 즐거운 일이다.

나는 이때부터 그들에게 시혜를 베푸는 것처럼, 내 마음대로 나를 그들에게 노출한다. 극단적인 인종차별주의자라면, 그런 생각을 조금도 고쳐주지 않는다. 그저 나를 노란 피부와 째진 눈에 영어도 못하는 인간이라고 이해하게 내버려 둔다. 거기에서 나는 쾌감을 느낀다. '너 따위는 두 가지 이상의 언어와 문화를 넘나드는 그 풍부함

따위는 조금도 모르고 세상을 마감하겠지. 네가 보는 세상의 단조로움, 참 안됐다. 쯧쯧.' 내가 영어를 하는 건 나의 친절이고 나의 영어를 못 알아듣는 건 원어민의 게으름이거나 무식함이거나 상상력 부족이라고도 생각한다. 이건 옳고 그름에 대한 것이 아니다. 나의 속 좁은 자격지심이라고 해도 반박할 수는 없다. 그래서 분노라고 했다.

  미국 사람과 대화할 때 나는 발음을 편안하게 한다. 내가 즐겁고 내가 배운 한에서 정확한 발음을 하려고 하지만, 내 발음을 못 알아들을까 조금도 걱정하지 않는다. 영어 발음을 하는 건 내게 정말 즐거운 일이다. 딱 내가 즐겁게 말한다. 내 발음을 못 알아듣는다면 그건 듣는 사람이 원어민이면서도 그 정도도 추측할 수 없는 그들의 언어 실력 문제다. 사실 내 발음이 문제가 된 적은 한 번도 없는데, 그럴 낌새가 느껴지면 식판 앞에서 아줌마를 째려봤던 것처럼 일단 분노한다. 그럴 만한 가치가 있는 상대라면 다른 말로 설명해 주기도 한다.
  물론 이런 과정이 피곤하다. 약자는 불리하고 어쩔 수 없이 피곤하다. 하지만 그것도 똑바로 본다. 아무것도 모르는 혹은 알아야 할 필요가 없는 강자, 권력자가 되는 게 그렇게 많이 부럽지는 않다. 분노는 슬픔이 되기도 한다. 약자가 똘똘 뭉치지 않고 약자끼리 괴롭힐 때, 그래서 이 권력의 구도를 더 굳힐 때 말이다.

한국에서 사회적으로 꽤 성공하고 능력 있는 어떤 아빠가 정말 눈을 부릅뜨고 내게 말했다. "영어를 못하는 게 한이에요. 우리 아이들만큼은 다른 건 몰라도 영어만은 잘하게 할 거예요."

나는 대답했다.

"영어만 잘하면 뭐 해요? 미국에서는 거지도 범죄자도 영어 하잖아요."

미국에서 만난 한국인 엄마는 아이들이 엄마가 백인 친구나 선생님과 이야기할 때 긴장을 하고, 무슨 말을 할 건지 미리 체크해서 발음을 교정해 주기도 한다고 했다. 나는 아이들에게 한국식 영어 발음을 가르친다. 특히 한국 사람이 한국식 영어를 할 때, 잘 못 알아듣겠다는 표정을 짓지 말라고 일러준다. 그건 영어를 잘하는 게 아니라, 지독하게 멍청한 거라고. 영어가 아니라도 누구든 어떤 상황과 어떤 능력에 있어서 약자가 되는 순간에 처하게 되는데, 그때 어떻게 자신을 지켜야 하는지 배우고 싶지 않냐고 말해준다.

영어를 나의 즐거움, 나의 배움으로 만들기 위해 거처야 할 한 단계는 영어가 사회적 권력의 일부가 된 현재의 상황에 대해 스스로 생각해 보고 어떤 결정을 내리는 것 아닐까.

발음,
참가자의 자격으로

원어민의 힘은 아주 강할 수도 있지만 아주 약할 수도 있다.

대학교 여름방학 동안 미국으로 어학연수를 가서 수업 들었을 때의 일이다. 열댓 명 되는 학생 중 얼추 열 명은 일본에서 온 학생들이었다. 그들은 일본인 특유의 발음을 했다. 미국인 선생님이 이 발음을 너무 못 알아들어서 수업 진행이 안 될 정도였다. 신기하게도 나는 그들의 영어가 잘 들렸다. 자연스럽게 내가 통역을 하기 시작했다. 미국인 선생님이 내 영어는 곧잘 알아들었다. 통역이라고 할 수도 없는 것이, 일본 학생들이 한 말을 그저 똑같이 되풀이한 것뿐인데, 내 발음이 좀 더 정확했다. 잠깐, 여기까지 읽고 나의 이야기에 반감이 들었기를 바란다. 나의 발음이 일본인들보다 '정확했다'라는 표현에는 심각한 문제가 있다는 걸 나중에 생각하게 됐다.

물론 처음에는 기뻤다. 더 정확하게 고백하자면 뻐기는 마음이 들었다. 내 발음이 정확하다는 확인과 칭찬을 받았다고 여겼다. 하지만 자신의 발음을 너무도 미안해하는 일본 학생들의 태도가 어쩐지 싫기도 했다. 이것도 처음에는 '일본인들, 정말 영어를 못하는군' 하면서 깔보는 마음이라고 생각했다. 그런데, 두 달가량 지나고 미국인 선생님과 친해지면서 딱히 설명할 수 없는 불편한 마음이 생겨났다.

하루는 수업이 끝나고 선생님과 따로 만나 수다를 떨고 있는데, 그가 일본 사람들의 영어 발음을 조롱하는 듯한 농담을 했다. 그때 나도 모르게 한마디가 튀어나왔다.

"선생님이 그렇게 많은 일본 학생들을 오래 가르쳤다면서 그들의 영어 발음을 못 알아듣는다는 건가요? 난 알아듣는데, 그건 좀 이상하지 않아요?"

"그 학생들이 영어 발음을 배우러 온 거 아닌가?"

"그걸 가르치려면 선생님이 그들의 발음에 익숙해져야 하는 거 아닐까요?"

선생님이 당황했다. 그때 내가 느꼈던 불편한 느낌의 정체를 알았다. 내 마음속에 드디어 적절한 의문이 떠올랐다.

'내가 왜 당신에게 내 발음이 정확하다는 칭찬과 인정을 받아야 하는 거지? 내가 그걸 왜 기뻐하고 있는 거지? 당신이 도대체 뭔데? 원어민? 그게 도대체 뭐야? 그게 뭐든 그 전에 당신이 좋은 선생은 아니잖아.'

이 이야기를 대놓고 하지는 못했지만, 그런 마음을 가지고 선생님의 눈을 빤히 보았다. 우리는 더 이상 이야기를 이어가지 못하고 어색하게 헤어졌다. 하지만 다음 수업 시간에 그 선생님이 일본 학생들이 하는 이야기에 분명히 더 참을성을 가지고 귀 기울여 듣고 있다는 게 느껴졌다. 내가 더 이상 통역을 하지 않아도 됐다. 마음이 편해졌다. 하지만 완전히는 아니었다. 여전히 나는 어떤 정확한 발음이 있다는 생각을 버리지 못하고 있었다.

몇 년 후 대학원 수업에 들어갔을 때다. 십여 명의 학생과 교수님 중 나와 인도에서 온 유학생 한 명을 빼고 전원이 미국 백인이었다. 인도식 영어 발음은 내게 전혀 들리지 않았다. 그가 하는 말이 내가 모르는 단어라고 생각했다가 한 달이 지나고 나서야 이미 알고 있는, 심지어 익숙한 것임을 알게 될 정도였다. 그런데 이 인도 학생은 수업 때마다 말이 너무 많다. 심지어 내가 어쩌다 한마디 하면 토론을 걸어오고 그러면 알아들어야 하기 때문에, 이 애가 무서워서 토론에 참여하기 싫을 지경이었다. 정말 신기한 것은 나를 빼고 다른 백인들은 인도식 영어를 알아듣는 데에 문제가 전혀 없다는 사실. 수업 내용은 기억이 안 나지만, 백인들이 나는 못 알아듣는 인도식 영어를 도대체 어떻게 저렇게 태연하게 알아듣는지 놀라며 그 인도인 발음에 잔뜩 주의를 기울인 것만큼은 확실히 기억한다. 그리고 내게는 엉망진창으로 들리는 영어 발음에 대해서는 전혀 신경 쓰지 않고 자기 하고 싶은 말을 마구 쏟아내던 그 학생의 태도에 거듭 놀라던 나 자신도 놀라웠다. 그건 전혀 놀랄 일이 아니었던 것이다.

일본식 영어 발음과 인도식 영어 발음, 그리고 '정확한(?)' 발음의 심판관이라고 지레짐작해 버린 '원어민'에 대해 다시 생각했다. 나는 그때부터 미국 사람들이 잘 알아듣는 영어 발음을 하는 데에 신경 쓰지 않기로 했다. 그들은 심판관이 아니다. 내가 그들을 심판관으로 만들 수는 있다. 그들이 잘 알아듣는 발음을 하려고 애쓰는 나의 태도로.

영어는 그들이 소유한 무엇이 아니다. 모든 언어가 그렇다고 할 수 있지만 특히 영어는 더욱 그렇다. 영어는 세계인이 쓴다. 그래서 태어나서부터 영어 하나만 쓰는 무리의 수는 비율적으로 너무도 적다. 모국어가 일본어인 사람도, 힌디어인 사람도 영어를 쓴다. 영어를 쓰는 무리들은 전 세계에 그렇게 다양하게 많은 것이다. 역설적이게도 원어민의 힘은 아주 강할 수도 있지만 아주 약할 수도 있다.

미국에서 자라고 있는 아이들이 학교를 다니기 시작

하면서 내 영어 발음을 고쳐주기 시작했다. 그때 나도 부드럽게 아이들의 미국식 영어 발음을 한국식 영어 발음으로 고쳐줬다.

"한국에 가서, 너 그렇게 영어 하면 안 통할걸. 그렇게 혀를 굴리는 게 아니라, 따라 해봐. 억양을 없애고 이렇게 또박또박."

우리는 아주 공평하게 서로를 고쳐주고, 서로를 따라 했다. 우리 집에서는 한국식 영어 발음도 배워야 할 만한 가치가 있는 것이다. 고등학생 시절 큰아이는 거의 대부분이 백인인 시골 학교에서 친구들과 한국어에만 있는 발음에 대해 이야기하면서 노는 이야기를 해줬다. 시옷과 쌍시옷, 기역과 쌍기역과 같은 예사소리와 된소리를 구분하지 못하는 미국인들에게 그 차이를 설명하면서 깔깔댄다고 했다.

그런 이야기를 들으면 내가 이 세상의 아주 작은 한 구석을 조금 재밌게 만든 것 같은 기분이 든다. '원어민'들이 쓰는 더 옳고 더 정확한 영어가 정해져 있고, 무조건 따라야만 한다는 생각을 바꾸는 데에 기여한 게 아닐까 싶다. 영어가 사람들의 능력이나 가치를 평가하는 절대적인 기준이 아니라, 서로 다른 생각들을 나누는 수단이 되게 하는 것이다.

내가 영어를 잘하나 못하나를 따지기 전에 나는 영어를 쓰는 수많은 사람들과 함께, 영어라는 세계에 참여하고 있는 참가자다. 참가자로서 나는 영어의 다양성과 풍부함에 내가 쓰는 영어를 더한다. 인도식 영어 발음과 억양을 이해하는 사람이 늘어나듯이, 한국식 영어 발음과 억양을 이해하는 사람들이 늘어날 수 있도록, 나는 친절하게 동시에 당당하고 꾸준하게 나의 발음을 만나는 사람들에게 들려준다.

개별 발음보다
강세

중요한 건 강세다. 발음은 대강 해도 된다.

한국식 영어 발음이 원어민이나 영어를 쓰는 다른 많은 사람에게도 익숙하게 들리기를 바라는 마음을 먹으면서 새로운 의문이 생겼다.

나의 한국식 영어 발음을 지키겠다는 것이 나의 것만을 고집하려는 태도는 아닐까. 나의 한국식 영어 발음에 편안하면서도, 모국어가 아닌 언어에 대한 열린 자세로 변화를 받아들이는 차원에서 나의 영어 발음을 바꾸어가는 것에 대해 생각했다. 한국식 발음에 문제가 있어서 교정하는 게 아니라, 다른 사람과 영어로 소통을 잘하기 위해 나를 변화시키는 것이다. 그런 차원에서 나의 영어 발음을 연구하자 '원어민' 발음을 흉내 내려고 하는데 그것이 잘 안 돼서 괴로운 게 아니라, 정말 영어를 내 방식대로 새롭게 발음해 보는 것이 재밌어졌다. 발음과 관련해 내가 강조하고 싶은 것 네 가지.

음절 하나하나의 발음보다 중요한 건 강세다. 발음은 대강 해도 된다. 미국인들이 나의 한국식 영어를 바로 못 알아듣는 경우는 언제나 발음이 아니라 강세 때문이다.

소설 『모비딕』에 대해서 중학생 둘째에게 이야기하고 있었다. 아이는 처음에는 모르는 소설이라고 했다가 한참을 듣더니 "아, 그거 모비딕이잖아. 나 그거 알아" 하고 말했다. 딕에 엄청난 강세를 붙여서. 모비딕MOBY DICK. 그 어디에도 어려운 발음은 없다. 단지 아무런 강세가 없는 나의 '모비딕'은, 거의 '딕'만 들릴 정도로 심한 강세가 들어간 모비딕과는 완전히 다르게 들리는 거다.

미국 사람들과 다른 주에 대해서 이야기할 때도 비슷하다. 버몬트나 미주리는 아주 심하게 두 번째 음절에 강세를 넣어야 한다. '몬'과 '주'에. 추수감사절에 피칸 파이를 먹을 때마다 미국 사람들끼리 매번 토론하는 것도 강세를 어디다 줄 것인가에 대해서다. '피'를 강조해서 '피칸'이라고 하는 사람도 있고, 두 번째에 강세를 두면 '프칸'으로 들린다. 이렇게 강세가 첫음절이 아니라 다음에 올 때, 강세 앞의 음절은 발음을 하지 않는 것처럼 한다. 들을 때도 이걸 알고 있으면 도움이 많이 된다.

강세를 외우는 것은 따라 하기 훨씬 쉽다. 강세를 확실하게 넣어주면 미국 사람들이 훨씬 수월하게 알아듣는다. 그런데 한국 사람들이 영어 발음을 교정할 때, 이게 심리적으로 더 어렵다. R 발음을 위해 혀를 굴리거나 F 발음을 위해 아랫입술을 살짝 무는 것보다 더 민망하고 창피하다. 낯선 사람들 앞에서 갑자기 노래를 부르는 느낌이랄까. 마치 호들갑을 떠는 것만 같다.

두 번째는 자음이 연달아 있는 발음에서 모음을 탈락시키는 것이다.

영어를 한마디도 못 하면서 만 3세에 미국 어린이집에 처음 가기 시작한 큰애가 한두 주가 지나고 나서는 "땁, 땁" 이러면서 돌아다녔다. 도대체 무슨 소리를 하는 건가 싶어 스무고개를 했다.

"그게 무슨 뜻이야?"

"친구들이 내 장난감 뺏어 가서 화날 때 말해."

"그게 왜 땁이야?"

"그냥 '땁'이라고 하면 돼."

도대체 저게 무슨 영어일까 하다가 알고 보니 스탑stop이었다. s와 t 사이에 모음이 없구나, 그걸 처음 인식했다. 그러니까 '(웃)땁'인 거다. '스탑'이 아니라. 나중에 미국인 친구에게 아이의 '(웃)땁'과 내 나름의 정확한 발음으로 '스탑'을 들려줬더니 아이의 '(웃)땁'이 훨씬 알아듣기 쉽다고 했다.

강세를 과장해서 발음하는 것처럼 오글거리는 건 아니지만, '(웃)땁'이라고 발음하려면 머뭇거려진다. 이처럼 강세를 살리고 모음을 탈락시키는 영어 발음법이 합쳐져서 재밌어진 단어가 프로듀스produce. 'pro'로 시작하는 모든 단어가 사실 '펄'처럼 들린다. 정확하게는 '펄'도 아니고 '퍼허'. 이렇게 싱겁게 터지는 것 같으면서 '듀'만 엄청 세다. 'pro'로 시작하는 단어는 워낙 많으니까, 내가 예상하는 바와 달리 이상하게 들릴 거라는 걸 알고 나면 듣기가 훨씬 수월해진다. 발음할 때도 이렇게 발음한다.

세 번째는 한글의 우수성에 갇히지 않아야 한다. 한글은 모든 소리를 정확하게 적을 수 있는 우수한 문자 체계라고 배웠다. 영어 발음을 배울 때에는 그게 걸림돌이 된다. 문자와 발음이 일대일로 규칙적으로 연결될 거라는 기대가 있는 거다.

if는 절대로 '이프'가 아니다 '프'도 아니다. 그나마 들릴락 말락 한 '흐' 정도? 이것도 내가 말할 때는 '이프'라고 해도 알아듣지만, 들을 때는 이게 '이프'로 들릴 거라는 기대를 해서는 안 된다. 물론 이건 오로지 내 귀에 들리는 것에 한정된다. 미국인에게 물어보면 자기 귀에는 정확하게 if가 다 들린다고 한다. 도저히 믿을 수가 없지만. 그래서 재밌는 거다. 내 귀에 들리는 방식을 외우는 게. 자음 두 개가 겹치는 것 중에 코튼^{cotton}은 '컷흔'으로 들린다. tt에다가 n을 붙이면 다 그렇다. 발음 규칙을 모아놓은 교재가 따로 있지만, 이걸 공부하는 건 나의 귀를 믿는 것보다 느리다.

　네 번째는 다시 이상한 고집으로 돌아와야겠다. 미국에서 아주 오래 친하게 지내는 친구가 있다. 대학교 다니다가 미국에 넘어와서 아이들 낳고 20년 넘게 살고 있다. 그런데 영어를 못해서 고민이라며 항상 영어를 공부해야겠다고 한다. 영어만 잘하면 아이들도 더 잘 키우고, 돈도 더 잘 벌고, 하고 싶은 일도 더 많이 할 수 있을 거라 한다. 영어 공부법을 물어봐서 책이나 교재 고르는 걸 도와주기도 했다. 같이 장을 보러 가거나 여행을 가기도 했는데, 언제나 연어를 '샐몬'이라고 발음했다. 꽤 여러 번 레스토랑이나 여행지에서 이 발음 때문에 대화가 삐거덕댔다. 이 동네는 어디서나 연어를 쉽게 접할 수 있어 장을 볼 때도 그렇고 연어를 언급해야 할 때가 많다. 혀를 굴리지 않아도 되고 독특한 강세가 있는 것도 아니고, salmon에서 그저 l을 무시하고 '쌔먼'이라고 하면 된다. 말을 해줄까 말까 여러 번 고민하다가 조심스럽게 발음 이야기를 꺼냈다.

친구는 이렇게 대답했다.

"아… 나도 아는데, 발음이 어려운 것도 아닌데, 쌔면이라고 발음하면 뭔가 힘들어. 그게 뭔지 모르겠는데, 그렇게 할 수가 없어. 도저히 입 밖으로 나오질 않아."

친구가 미국에 살면서 한국어를 쓰는 기득권을 지키려고 영어 배우기를 거부하는 건 아닐 것 같았다. 하지만 다시 생각해 보면 기득권은 남들과의 관계에서가 아니라, 자신이 손해를 보더라도 자신의 편안함을 지키고 싶은 그런 심리일지도 모른다. 틀린 발음을 고수하는 친구를 보며, 새로운 언어를 배우는 일은 새로운 기술을 습득하는 게 아닐지도 모른다는 생각을 했다. 이들이 놓지 못하는 건 뭘까? 자세히 묻고 싶었지만 그럴 수 없어서 아쉬웠다.

어쨌든 내가 그것을 고집이라거나, 기득권이라거나, 자세의 문제라고 하는 것은 나의 착각일 가능성이 높다. 그렇다면 뭘까? 영어를 배우면서 나 스스로에게 던질 수 있는, 스스로를 관찰할 수 있는 질문인 것만은 분명하다. 자신이 이미 가지고 있는 편안함에서 걸어 나오는 것은 어쩌면 생각보다 어려운 일인지도 모른다. 그 마음을 인식하는 것이 발음이나 언어 지식을 습득하는 것보다 먼저인 것이다.

나에겐
너무 무거운 스몰 토크

영어에서 안 되는 부분이 있다고
영어 공부 전체를 포기할 필요는 없다.

영어를 절실히 배우고 싶다면서도 쉽게 고칠 수 있는 발음인 '쎄면'을 거부하는 친구가 안타깝게 느껴졌다고 했다. 이들은 새로운 발음을 모르거나 어려운 게 아니라, 자기 자신의 무언가를 지키고 싶어 하는 것 같다. 이들에게 '배움은 새롭게 변하는 자기 자신을 받아들이는 것'이라고 말해주고 싶다. 그런데 그 이야기를 들려주고 싶은 대상은 어쩌면 바로 나 자신인지도 모른다. 나 역시 그들처럼 나의 편안함을 지키고 싶어서 거부하는 게 있다. 언제나 그렇듯 누군가의 행동이 눈에 띄는 건, 결국 나에게 있는 문제인 것이다.

대학 졸업 후 미국에 도착한 지 얼마 되지 않았을 때, 캠퍼스를 걷고 있었다. 맞은편에서 걸어오던 남자가 어쩐지 나를 보는 것 같았다. 애써 시선을 피하면서 지나가려고 하는데 이 남자가 나를 똑바로 쳐다보고 갑자기 "하이"라고 했다. 화들짝 놀랐다. 주변을 두리번댔는데, 아무도 없다. 내가 잘못 들은 걸까? 내가 아는 사람인가? 도대체 뭐지? 혹시 나한테 작업을 거는 건가? 어떤 것도 도무지 말이 되지 않았다. 그 남자는 벌써 저 멀리 가버렸다. 얼굴이 화끈거리고, 내가 큰 실수를 저지른 것 같았다. 불편하기도 하고 무서운 기분마저 들었다. 아무것도 모를 때였다.

며칠 만에 이게 지극히 평범하고 일상적인 상황이라는 것을 알게 됐다. 미국 사람들은 산책로나 엘리베이터에서, 줄을 서서 기다릴 때도 모르는 사람에게 대수롭지 않게 인사를 건넨다. 한국에서 도대체 누가 그런단 말인가? 가게에서 계산을 할 때, 레스토랑에서 주문을 할 때, 직원들은 인사말인 '안녕하세요'를 넘어서 정말로 말을 건다. "사려던 물건은 잘 찾았어요?"라고 물을 때엔 그나마 대충 "네"라고 대답하면 그만이다. 그런데 마트 계산원은 내가 산 물건의 가격을 찍으면서 "이 물건 써봤어요? 좋아요?" 하며 시시콜콜 물어본다. 자기가 써봤더니 어떻다는 둥 이야기는 계속 이어진다. 내가 입은 옷이나 모자, 헤어스타일이 좋다며 칭찬을 하기도 한다. 날씨 이야기는 기본이고, 명절 무렵이면 누구랑 모여서 어떻게 파티를 할 건지 자신의 이야기를 늘어놓기도 하고, 심지어 나에게 계획을 묻기도 한다. 미국 사람들은 이걸 '스몰토크'라고 한다.

처음에는 내 영어가 모자란 거라고 생각했다. 하지만 그들이 건네는 말을 알아듣고 내가 하고 싶은 말도 할 수 있게 되는 데에 오랜 시간이 걸리지는 않았다. 그때부터가 문제였다. 영어를 못할 때에는 당황스러웠지만, 영어 때문이라고 생각하면 마음이 금방 편해졌다. 어차피 알아듣지도 못했으니 웃으면서 얼버무리고 재빨리 도망가겠다 마음먹으면 그만이었다.

그런데 이제 영어 때문이라고 핑계를 대지 못하게 되면서 진짜 고통이 시작됐다. 정말 미칠 것 같다. 이게 왜 그토록 미칠 것 같은지, 그게 이해가 안 돼서 더 미칠 것 같다. 정말이지 그 사람들은 나에 대해 별 관심도 없고 그냥 그들이 익숙한 방식으로 말을 하는 것뿐이다. 그걸 알았으니 대충 예스, 노, 땡큐 그 정도로 말하고 지나가면 끝이다. 머리로는 알아도 매번 나는 화들짝 놀라고 어쩐지 불편하고 그러다 보면 짜증이 나기도 한다.

드디어 알게 된 사실. 한국의 가게에서 '안녕하세요, 어서오세요'라고 하는 사람들이 적은 건 아니지만, 더 많은 경우는 무뚝뚝하게 나를 쳐다보지도 않고 기계적으로 자기 할 일만 한다는 걸 처음 깨달았다. 전에는 의식하지 못했다. 미국인들에게 한국 사정을 이야기해 주면, 그건 너무 무례하고 공격적인 거라고 했다. 나는 나에게 친절하게 웃으면서 이런저런 말을 시키면 공격당한 기분이다.

갑자기 뭐라고 대답해 줘야 할지 막막하다. 적당한 대답의 수준이라는 걸 가늠하는 건 내게 너무 힘든 일이다. 너무 자세히 이야기하면 사회적 예절 차원에서 묻는 질문에 주절거리는 게 되고, 말없이 도망가 버리면 그 역시 이상한 사람이 된다.

러시아에서 미국으로 이민 온 사람이 들려준 이야기. 90년대 초 모스크바에 처음 맥도날드가 문을 열었을 때, 미국 본사의 서비스 교육을 받은 직원들이 러시아 고객에게 친절하게 인사말을 했다. 그러자 그 과도한 친절이 너무도 싫었던 러시아 사람들이 끈질기게 항의를 해서 문제가 됐다고 한다. 러시아 사람들도 그때보다는 미국식 친절에 익숙해졌지만 여전히 퉁명하고 불친절하다는 것이다. 물론 이 불친절은 미국 문화 기준이고, 쓸데없는 말과 미소는 상대를 불편하게 하는 거다. 미국식 친절에 화를 냈다는 러시아 사람들이 너무 이해가 잘됐고, 나만 이상한 건 아니라는 확인 같아서 기뻤다.

나의 엄마는 완전히 반대다. 엄마는 마트를 가도 옷차림과 머리, 화장에 신경 쓰고 외출하는 편이다. 같이 가게에 가면 판매원이나 심지어 지나가는 사람 중에서도 엄마의 가방이나 헤어스타일, 옷, 장신구를 칭찬하면서 예쁘다고 한다. 처음 한두 번은 엄마도 깜짝 놀랐지만, 이후부터는 진심으로 좋아한다. 엄마는 영어를 알아듣지도 영어로 답을 하지도 못하지만, 상대의 시선과 어투로 자신을 칭찬한다는 것을 대번에 파악하고, 함박웃음으로 소통한다. 옆에 있는 나는 정말 죽을 맛이다. 엄마는 "한국 사람들도 좋은 건 배워야지. 얼마나 좋니? 서로 다시 볼 사람들도 아니지만 좋은 말을 해주면 다 같이 기분이 좋아지잖아"라고 말한다. 틀린 말은 아니지만 난 불편해서 미칠 지경이다.

문화 차이를 설명한 어떤 책에서 영국인 저자가 핀란드를 방문했을 때의 경험을 쓴 걸 읽고 통쾌했던 적도 있다. 북유럽 사람들은 스몰 토크를 하지 않는 무뚝뚝한 사람이라고 한다. 핀란드에서는 사우나에 들어가도 서로 말을 붙이지 않고 침묵한다. 미리 이 문화에 대해 배운 저자는 다짐을 하고 간다. 평범한 핀란드 사람들처럼 사우나에서 누구에게도 말 걸지 않고 눈도 마주치지 않겠다고. 그런데 사우나에 있는 시간이 길어질수록 침묵이 불편해서 견딜 수가 없다. 인내심이 한계에 달하자 그저 아무 의미 없는 날씨 같은 이야기를 지껄이고는, 침묵을 깬 그에게 보내는 핀란드 사람들의 황당한 시선을 뒤로한 채 황급히 도망 나왔다는 것이다.

이런 과정을 거치면서 확인했다.

'아, 난 정말 지독하게 한국 사람이구나.'

미국에서 영어를 쓰면서 살기 전에 한국 사람들의 서비스 방식에 주목한 적은 결코 없었다. 공기에 대해 생각하지 않듯 그냥 그게 당연했다. 물론 유난히 불친절하거나 반대로 친절한 사람들을 만날 때도 있었지만, 그건 드물게 있는 특이한 사람이나 특별한 날이었을 뿐 나에 대해 생각할 계기가 되지는 않았다. 그런데 이제는 한국에 가서 마트 계산원이 내게 눈길도 주지 않고 무표정하게 빠른 손동작으로 계산을 할 때 속으로 웃음이 난다. 그리고 생각한다.

'아, 편하다. 한국에 왔구나. 난 정말 한국 사람이야.'

이 편하다는 감정은 물론 아무 대답을 할 필요가 없기 때문인 것도 있지만, 더 중요한 이유가 있다. 내가 사실은 정말 한국적인 문화에 딱 맞는 사람이었다는 확인 때문. 살면서 이런저런 지적을 받으며 이상한 사람으로 찍힐 때가 많았다. 사람들과 잘 어울리지 못하고 유행하는 것들도 잘 따라가지 못했다. '나는 평범하지 않아, 한국 문화에 맞지 않아' 그런 생각을 자주 했었다. 그런데 알고 보니 나야말로 한국 문화에 잘 맞는 사람이지 뭔가. 반면 나의 엄마는 누가 봐도 굉장히 전형적인 한국 사람인데 스몰 토크에서만큼은 나보다 더 미국 문화를 편안하게 받아들인다. 한국에서 살면서 충돌하고 불편했던 건 알고 보니 아주 작은 일부라는 걸 깨달았다. 내가 당연하게 받아들여서 편안한지도 몰랐던 더 많은 부분에서 나는 한국 사람이라는 걸, 영어를 배우면서 의식적으로 깨닫게 된 것이다.

미국에서 낯선 사람이 나를 칭찬하거나 친절하게 말을 걸면, 그냥 가볍게 고맙다고 하고 웃어주면 그만이라는 걸 너무 잘 알면서도 도망가고 싶은 건 왜일까 깊게 생각해 봤다. 나는 개인으로 나를 드러내는 것에 익숙하지 않다. 한국 문화에서 그렇게 세상과 관계를 맺어왔다. 거대한 '우리'나 집단 안에서 존재하며, 일대일 관계를 맺는 것이 그렇게 중요하지 않은 것이다. 물론 이러한 한국 문화의 압력 때문에 충돌해 왔던 것도 사실이지만 그것 역시 압력에 대한 나의 반응이었던 것이다.

성인이 되어서 영어를 배우는 한국 사람들이라면 누

구나 미국인들의 스몰 토크에 깜짝 놀란다. 누군가는 그것을 새로운 가능성으로 보고 배울 것이다. 나는 그렇지 못했다. 스몰 토크는 절대로 하고 싶지 않지만, 발음이나 낯선 억양은 쉽게 시도해 볼 수 있다. 그 정도로 충분하다. 영어에서 안 되는 부분이 있다고 영어 공부 전체를 포기할 필요는 없는 것이다. 이런 자기 자신에 대한 발견은 지극히 개인적인 것이다. 발음, 대화의 방식, 억양, 글쓰기 등 언어의 모든 영역에서 나는 어떤 사람이고 어떤 관계를 맺고 있는지 새로운 눈으로 바라볼 수밖에 없다.

그건 직접 배워봐야 안다. 영어를 대단히 오래 배워야 이런 발견에 도달하는 것도 아니다. 영어를 배우는 그 순간부터 열리는 신기한 질문의 세계라고 해야 할까. 나는 영어를 배우면서 내 안에 있는 한국 문화를 발견했다. 모국어가 아닌 다른 언어를 배운다는 건 그런 거다. 나 자신을 바라보는 다른 눈이 생기는 것.

한국어와 영어 사이, 나만의 언어

성인 외국어 학습자는
이 단계를 거쳐야 영어의 세계로 갈 수 있다.

옛날, 집집마다 전화기가 있던 시절에 유행했던 우스갯소리 하나.

미국에 유학 간 지 얼마 안 된 학생이 교수 집에 전화를 하게 됐다. 교수의 아내가 전화를 받았다. '교수님 좀 바꿔주세요'라고 말하고 싶었던 학생은 적절한 영어가 생각나지 않아서 다음과 같이 말했다.

Can you change your husband?

한국말 '바꿔주세요'를 곧이곧대로 동사 change로 써버린 것이다. 그 결과, '당신 남편을 (새 남편으로) 바꿀래요?'가 되어버린 게 웃음 포인트.

영어로 굳이 말하자면, 'Can you put Dr. XX on the phone?, Can I speak to Dr. XX?'라고 할 수 있다. 그런데 이런 영어식 표현을 외워야 할까? 외워봤자 실제 상황에서 기억이 나지 않는다. 왜 기억이 안 날까? 공부가 부족해서? 다양한 상황에 어울리는 더 많은 수의 영어 표현을 외우지 않아서?

여기서 문제는 영어 공부가 아니라, '(전화) 바꾸다'라는 한국말에 묶여버린 데에 있다. 내가 하고 싶은 말이 무엇인지부터 생각해야 한다. 정확하게는 '말'을 생각하는 게 아니라, 내가 원하는 상황을 머리에 그려보자. 말은 복잡해도 그림으로 그리면 너무도 간단하다. 교수와 이야기를 하고 싶은 거다.

I want to talk to Dr. XX.

그렇다면 이렇게 말하는 게 더 좋은 영어 표현인가? 물론 아니다. want to를 쓰는 것도 다짜고짜 함부로 말하는 것처럼 여겨질 것이다. 하지만 이런 상황에서 주야장천 want to와 talk만 써도 아무런 문제가 없다. 여기서 다시 그림을 그려보자. 영어를 쓴다는 것에서 내가 바라는 그림은 뭐더라? 더 길고 있어 보이는 영어를 쓰는 게 아니라, 영어로 내 뜻을 정확하게 편안하게 전달하는 거다. 여기서 가장 중요한 건 편안하게!

뻔한 이야기지만, 외국인이 전화를 해서 한국말로 '전화 좀 바꿔주실 수 있어요?'라고 하지 않고, '선생님이랑 이야기하고 싶어요'라고 말한다고 해서 우리는 그의 한국어 능력이나 지적 능력을 의심하지 않을 것이다.

'put someone on the phone'이라는 표현이나 'want to~'를 쓰기에 적합한 상황과 같은 영어 지식들을 공부했던가? 전혀 하지 않았다. 하지만 어떻게 배운 걸까? 원어민에게는 다소 느닷없거나 딱딱하게 들릴 수 있어 사용하지 않을 상황에서도 나는 즉각적으로 떠오르는 대로

'I want to talk to~'와 같은 문장을 써봤기 때문이다. 그렇게 시작한다. 내가 어긋나거나 어색한 표현을 '당당하게' '편안하게' 쓰고 나면, 다음에 비슷한 상황에서 듣게 되는 원어민의 표현이 놀랍게도 머릿속에 남는다. 애써 노력하지 않아도, 정확하게 기억된다. 사실 이게 정확하게 남는지 당시에는 의식하지 못한다. 그러나 다음에 비슷한 상황이 왔을 때, 기억하지 않으려 해도 쓰게 된다.

내가 원하는 걸 나의 언어로 말하는 게 먼저다. 여기서 강조하고 싶은 건 '나의 언어'다. 영어도 아니고 한국어도 아닌, 나의 언어. 이런 과정을 언어 발달의 측면에서 어떻게 설명하는지는 모르겠다. 하지만 언어의 본질을 생각해 보면 이해할 수 있다. 언어가 표현하는 대상과 언어는 같지 않기 때문이다. 모국어 하나만 사용하며 사는 동안에는 의식할 필요가 없는 차이다. 전화를 바꾸는 행위와 '바꾸다'라는 언어를 따로 떼어낼 필요는 없다. 하지만, 영어와 비교해 보면 그것은 동일한 것이 아니다.

'사과'라는 말과 붉고 상큼한 과일은 동일한 것이 아니니 'apple'이라는 말도 알아야 한다. 이건 쉽게 이해되고, 그래서 단어를 외워야 한다고 생각하지만, 이 간단한 명사의 세계에서도 정확하게 한국어와 영어가 일대일로 맞지는 않는다. 사과와 apple은 그렇게 완벽하게 일치되는 것이 아니다.

미국에 온 첫해, 한 미국인과 애플파이 이야기를 하고 있었다. 그런데, 자꾸 '그래니 스미스Granny Smith'란다. 그때는 미국인의 말하기 속도가 버겁게 느껴질 때라 그래니 스미스가 사과의 한 종류라는 것을 눈치채기까지 한참 시간이 걸렸다. 미국인들에게 그래니 스미스가 뭐냐고 묻는다면 사과의 한 종류라고 대답하겠지만, 그들은 그것을 애플 대신에 그래니 스미스라고 부른다. 우리가 초록색 사과를 아오리라고 부르는 것처럼.

앞의 유머 상황으로 다시 돌아가 보면, 'your husband'라고 칭하는 것도 영어를 쓰는 사람의 세계에서는 드문 일이다. 이런 말을 쓰지 않는 건 아니지만, 그건 남편이라는 것을 굳이 표현해 줘야 할 때다. 한국말을 쓸 때는 물론 반대다. 굳이 남편 이름을 말하는 게 특별한 경우에 해당된다.

명사가 이 정도니 일대일의 번역이라는 건 거의 존재하지 않는다고 봐도 된다. 그걸 인정하는 건, 한국말에서 '독립'하는 것이다.

한국말을 떠올리지 말고, 내가 전하고 싶은 상황을 머리에 그려서 떠올린다. 그리고 그 상황에서 새로운 언어를 창조하듯이 말한다. 왜냐하면, 한국말을 버렸다고, 바로 내게 영어가 있는 건 아니니까. 그건 당연하다. 영어는 아직 나의 언어가 아니다. 적어도 이 단계에서는 나 혼자만의 언어를 창조하는 자유를 누린다. 어색한 발음은 나에게 덤인 무기다. 내가 이상한 말을 써도, 원어민은 나의 언어를 엄격하게 판단하지 않을 테니까. Dr. XX 대신 your husband라고 해도 된다. 그것은 한국말도 아니고 영어도 아닌 나만의 언어.

Is your husband there? I like to talk.

이건 바른 영어가 아니라, 나만의 언어다. 객관적으로 따지면 번역을 하면서 원래의 의미를 잃어버린다고 할 수도 있지만, 나는 나의 언어의 창조자라고 느낀다. 이 새로운 언어 세계는 물론 외롭다. 나 혼자밖에 없으니까. 따라서 틀린 영어, 콩글리시라는 조롱이나 비난 또는 창피함이 스며들어 올 수 있다. 하지만 이것을 차단하고, 시민이 나 하나밖에 없지만, 여전히 하나의 세계를 창조한다고 생각한다. 그렇게 생각해야 자유롭게 말한다. 성인 외국어 학습자는 이 단계를 거쳐야 영어의 세계로 갈 수 있다. 이것은 영어라서 바로 시작할 수 있다. 의무교육 과정에서 배웠고, 그리고 일상적으로 영어를 접할 수 있는 환경 때문에 우리는 꽤나 많은 영어 재료들을 가지고 있다. 당장 영어를 완벽하게 하기 위해서는 부족할지 모르지만, 나만의 언어를 창조할 수 있을 만큼은 말이다.

이때 또 중요한 건 문장을 끊어 쓰는 것이다. 앞에서 한국어와 영어의 명사나 동사 같은 품사가 일대일로 일치하지 않다는 이야기를 했다. 하지만 문장의 생각 단위야말로 두 언어가 정말로 다르다. 영어로 읽은 텍스트를 한국어로 쓰기 위해 번역을 해야 할 때가 있다. 그때 필수적으로 문장을 끊는다. 이때에도 앞서 말한 것처럼 그림을 그린다. 영어라는 언어가 상황을 나누고 제한한 것들에서 벗어나 그림을 그린다. 그것을 한국어의 생각 단위로 잘라내거나 재조합한다.

이 모든 것은 지극히 귀찮은 과정이다. 동시에 나에게 이상한 자유를 준다. 이전에 한국말이 내게 어떤 제한이라고 여길 수 없었다. 그것은 지극히 편안한 도구였다. 정확하게 말하면, 도구라고 인식하지 못할 정도로 나의 일부였다. 하지만, 영어의 세계로 넘어가기 위해, 한국말을 버리고, 나 혼자만의 언어 세계를 만들면서, 이상한 자유로움을 느낀다. 처음에는 이것이 자유라고 느끼지 못했다. 영어든 한국말이든 불편하다고 느꼈다. 언어가 이토록 불완전하고 제한적이었는지를 새삼스럽게 깨달았다. 그러면서 알게 된 건, 내가 말하고자 하는 것부터가 그렇게 분명하지 않다는 사실이다.

유머를 가장한 예시지만, 다시 한번 처음의 상황으로 돌아가 보자. 전화를 걸었던 적은 없지만, 교수에게 면담을 요청해야 할 일은 많았다. 교수와 반드시 만나서 간절하게 부탁을 해야 하는 상황부터, 만나면 좋지만 굳이 교수를 귀찮게 하는 건 아닐까 싶은 상황, 혹은 만나는 게 오히려 나쁜 인상을 줘서 긁어 부스럼을 만드는 건 아닐까 소심해지는 상황 등. 영어로 이메일을 쓰거나 다음 약속을 잡기 위해 말을 꺼낼 때, 나는 이런 나의 마음을 가늠하지 못한다는 것을 깨달았다. 한국말을 쓸 때에는 의식적으로 생각할 기회가 없던 것들이었다. 물론 의식하지 못할 뿐 차이를 구분하면서 한국말을 썼을 것이다. 하지만 영어로 말하기 위해서는 의식적으로 내게 질문을 던져야 했다. 나는 나만의 언어의 창조자니까. 그러면서 나는 나에게 질문하는 사람이 됐다. 도대체 내가 원하는 게 뭐지? 내가 하고 싶은 말이 정확하게 뭐야? 처음에는 별거 아닌 질문 같지만, 이것을 꾸준히 해보길 추천한다. 변변한 답이 없어도 괜찮다. 충분한 시간이 지나면, 그 질문을 끊임없이 떠올리는 것만으로 독특한 자유를 경험하게 된다. 이 질문을 지속하기 위해 영어를 계속 접하는 것은 꽤나 좋은 수단이다.

(두 언어, 두 문화)
비교하기:

나의 세계를
확장하기 위해

03

듣는다는
것

이제는 안 들어도 그만인 게 뭘까를 생각하게 됐다.

한창 영어 시험을 치던 시절 줄기차게 나오던 문제 중 하나. "당신은 이거 안 좋아하죠?You don't like this, do you?"라는 질문에 영어로 바른 대답은 무엇일까? 우리말이라면, '아니요, 좋아해요' 혹은 '네, 안 좋아해요'일 것이다. 그런데 영어로는 괴상하게 반대다. 안 좋아하냐고 묻는데 '네'라고 하고 나서 '좋아해요'라고 해야 한다니. 상대방의 말은 코로 들었다는 건가. 워낙 자주 출제되던 문제라 푸는 요령은 간단하게 배웠다. 질문은 신경 쓰지 말고, 대답할 때 앞뒤가 일치되게만 맞추라고. '노No'라고 했으면 뒤에도 부정적인 표현not이 따라 나와야 하고, '예스Yes'라고 했으면 뒤에도 긍정이라고. 그 요령을 알려주면서 선생님이 그랬다.

"아무리 질문이 읽고 싶어도 꾹 참고 질문을 무시해야 해. 질문 읽으면 틀린다. 질문만 무시하면 답은 아주 쉬워."

이 선생님의 말이 단지 시험 치는 요령인 줄만 알았는데, 영어를 일상에서 사용하면서 자주 떠올리게 됐다. 시험 문제는 쉽게 맞혀도 실제로 이런 순간이 닥치면 언제나 머뭇거린다. 대답은 영어식으로 맞게 하지만, 어쩐지 상대가 한 말을 무시하는 것 같은 어색한 기분 때문에 불편하다. 상대방이 뭐라고 묻는지 상관하지 않고 내가 하고 싶은 말만 하는 것 같다. 상대방의 말을 제대로 듣는다면, 질문이 달라지면 대답도 달라져야 하는 거 아닌가?

상대방의 말을 듣는다는 게 뭔가를 생각하게 된 건 영어와 한국어를 비교하면서부터다. 처음 영어를 배울 때에는 굉장한 자유를 느꼈다. 영어는 한국어처럼 적당히 알아서 들어야 하거나 상대방이 누구인지 살펴야 하는 부담이 없다. 처음 만난 사람이 나보다 나이가 많은지 적은지 알아내지 않아도 된다는 것만 해도 '만세!'였다.

언어가 그래서인지 실생활에서도 그랬다. 미국에서는 구체적으로 하지 말라고 금지하지 않는 일은 해도 된다는 이야기를 자주 들었다. '그걸 꼭 말로 해야 돼?' 그런 정서는 없다. 다른 사람 집에 놀러 가기 전 "뭐 가지고 갈까?"라고 물었을 때, 미국인 친구가 "그냥 와"라고 하면 정말로 그냥 가도 된다. 미국인 친구 집에 갈 때는 대체로 와인이나 꽃, 초콜릿을 챙겨 갈 때가 많다. 나는 한국 사람이라 빈손으로 가기엔 너무 불편하다. 하지만 그냥 오는 사람도 꽤 많고, 그게 어색하지 않다. 혹은 "그냥 와"라고 하지 않고, "마실 거" 이렇게 구체적으로 말해주는 경우도 많다. 한국인 친구가 그냥 오라고 했다고 그냥 간 적은 단 한 번도 없었다. 사실 잘 묻지도 않는다. 적당히 눈치껏 가지고 가야 한다.

사실 나는 내 또래 한국 사람치고 이런 눈치가 밝지 못하다고 생각해 왔다. 흔히들 사회성이라고 하는 덕목이 모자라다. 더 정확하게 말하면 눈치를 잘 읽은 경우에도 어쩐지 거기에 순응하고 싶지 않은 심보 때문에 제멋대로 말하거나 행동한 적도 많다. 한국어와 한국 문화에서 눈치는 주로 아랫사람이나 약자에 더 과도하게 지워진 의무가 되는 때가 많아서다.

하지만 동등한 관계에서 꼭 말로 표현하지 않아도 풍부한 의미를 전달하는 그런 눈치는 또 다른 문제다. '고맙다' '미안하다' '사랑한다' 그런 말을 표현하는 건 좋은 거다. 하지만 나는 가족과 전화할 때마다, 외출하거나 잠자리에 들 때마다 사랑한다고 영어로 아무렇지 않게 말하면서도 이걸 한국말로 하려면 어쩐지 어색하다. 고마움과 미안함도 말로 하지 않고 다른 방식으로 전하는 게 더 풍부하게 느껴질 때가 있다. 이건 전적으로 한국 문화에서 나고 자란 나의 성장 배경 때문에 그렇다.

이제 정말 헷갈린다. 빈손으로 오라는 말을 듣고 그대

로 행동하는 게 상대방 말을 잘 듣는 걸까? "그냥 와"라는 말을 '네가 오는 게 가장 의미 있는 일이야. 너를 환영해. 우리는 그만큼 가까운 사이야'라는 의미로 받아들이는 게 잘 듣는 걸까?

미국 사람들이 모든 것을 말로 명시적으로 표현하는 게 어쩌면 상대방의 더 넓은 맥락을 고려하지 않는 행동일 수도 있다는 생각이 들기 시작했다. 감정과 메시지를 어떻게 말로 다 표현할 수 있단 말인가. 이런 의문을 품는 나는 정말 한국 사람인가 보다. 물론 미국 사람들은 내가 느끼기에 정말로 말이 많다. 그들의 말을 가만히 들으면서 또 느낀 건, 이들이 자기가 하고 싶은 말을 다한다는 마음가짐이다 보니, 상대가 어떻게 생각할까 눈치 보지 않고 자기 말만 읊는 것처럼 보인다. 이때는 부럽기도 하고 어쩐지 짜증 나거나 한심해 보이기도 한다. 상대방이 내 말을 어떻게 받아들일지 자동으로 먼저 생각하고서 머뭇거리게 될 법한 말을, 미국인들은 너무도 당당하게 늘어놓는 것을 여러 번 경험했던 것이다.

도대체 뭐가 좋은지 모르겠는 상태에 이르렀다. 한국에서 말로 표현하지 않는 메시지들을 해석해야 한다는 것에 그렇게 짜증이 났는데, 모든 걸 말로 표현하겠다고 덤비는 미국 사람들을 보면서는 '그게 가능할 것 같아?' 그런 마음이 드니 말이다.

　대신 이때부터 나의 영어 리스닝 실력은 일취월장한다. 그 전에는 안 들리는 발음이나 구문을 어떻게든 정확하게 들어야 한다고 신경 썼는데, 이제는 안 들어도 그만인 게 뭘까를 생각하게 됐다. 돌아보니 한국 사람들과 소통하면서 그들 말에 다 귀를 기울인 것도 아니었다. 부모님이나 선생님이나 직장 상사의 잔소리는 첫마디만 대강 듣고 나서는 안 듣는다. 대신 고개를 끄덕하는 타이밍 같은 것들을 저절로 익혀 듣는 척만 했다는 것을 깨닫게 됐다. 영어라고 다르지 않다. 위아래 관계는 아니지만, 자기 이야기를 떠드는 사람의 말을 듣는 척만 하면 된다. 내가 하고 싶은 이야기가 있다면 공격적이다 싶을 정도로 나도 떠들면 된다. 한국어로 말하는 상황이라면 '네가 날 무시하냐?'고 싸움이 벌어질 법할 정도로 강한 내용을 말해도 된다.

　다만 목소리를 키우면 안 된다. 이건 미국식 영어 회화에서 아주 중요하다. 한국에서 소리를 지르고 싸우는 게 허용되는 것과는 반대다. 내용은 멋대로 말해도 되는

데, 언성을 높이거나 울면 감정적이고 폭력을 행사한다고 까지 여긴다. 목소리는 최대한 평온하고 조용하게 하되, 상대방 눈을 뚫어질 듯이 응시하면서 어떻게든 조목조목 따진다. 감정을 조절하는 게 어려울 것 같지만 어떤 내용이든 내 생각을 말해도 된다는 안심을 하기만 하면 목소리를 낮추는 건 쉬워진다. 한국말로 할 때, 해서는 안 되는 말이 많아서 감정이 폭발한다는 것도 알게 됐다.

이상한 듣기의 세계를 절실하게 경험하는 건 실생활에서다. 핸드폰 기기와 요금제를 홍보하는 판매원, 보험이나 연금, 펀드 상품을 판매하는 설계사, 자동차 특장점과 가격을 설명하는 딜러가 영어로 이야기하는 걸 듣는건 어떨까. 사실 잘 못 알아듣는다. 이렇게 숫자와 성능과 시간이 혼합된 상품에 대한 설명은 한국말로 설명해도 똑같다. 하지만 한국말은 하나하나의 음절과 단어를 알아듣는다. 적어도 알아듣는다고 느낀다. 하지만 영어로 설명을 듣고 있으면 도대체 한마디도 못 알아듣는다는 생각을 한다. 그렇다고 포기하느냐? 눈과 귀를 편하게 열고 가만히 듣는다. 영어 음절 한마디 한마디를 구분하지 못한다는 것도 신경 쓰지 않는다.

여기서 이상한 일이 벌어진다. 한인들을 대상으로 한국말을 쓰는 판매원들을 만나고 나서는 도무지 내가 뭘 원하는지, 도대체 내게 맞는 게 뭔지 결정을 할 수가 없다. 당시에는 알아듣는다고 느꼈지만 실제로는 하나도 못 알아들었다는 생각이 든다. 숫자 개념이 약한 탓이다. 그런데 영어로 말하는 판매원을 만나고 나면 이 사람이 나에게 팔려고 하는 상품과 의도까지 제법 투명하게 이해된다. 역설적이게도 언어를 제대로 못 알아듣는 덕분에 이 사람의 미묘한 표현이나 행동의 변화 혹은 어떤 특정 상품에 대해 똑같은 설명을 중복하는지, 얼마나 성급하게 넘어가는지, 그런 것들이 들리는 것이다.

이 이상한 듣기의 세계를 접하면서 오래전 중고등학교 시절을 떠올릴 때도 있다. 암기 과목 수업을 들을 때에는 내용은 흘려들으면서, 선생님의 미묘한 특성들을 포착하는 훈련을 하곤 했다. 암기 과목의 내신 시험은 선생님 개인의 성향에 따라 출제하는 문제가 달라졌다. 기본적인 내용 말고 선생님의 선호에 따라 정해지는 문제들을 알아맞히는 건 지루한 수업을 견디는 나 혼자만의 은밀한 즐거움이었다. 수업을 들으면서 선생님의 어투와 설명 강도를 포착해서 '이 문제를 출제하고 싶어 하시는군, 정말 나올까?' 그렇게 혼자서 내기를 걸어보곤 했다. 이때 포인트는 수업 내용을 무심히 흘려들으면서, 동시에 집중하는 것이다. 마치 영어가 한마디씩은 안 들려도, 언어를 넘어선 메시지와 의도는 읽어내는 것처럼.

한국말을 쓸 때처럼 상대방의 말뿐 아니라, 상대방을 둘러싼 무한대의 맥락을 함께 살피는 게 잘 듣는 걸까, 아니면 영어를 쓸 때처럼 '말로 하는 것만 인정해 주겠어' 이런 태도로 상대방이 말한 것만 곧이곧대로 받아들이는 게 잘 듣는 걸까. 이 의문에 대한 답은 영원히 얻지 못하리라는 것을 점점 깨닫게 됐다. 그렇다면 상대방의 말을 잘 듣는다는 건 과연 뭘까? 이런 의문이 새로 생겼다. 왜냐하면, 듣기 능력 향상이라는 게 고작 남의 말을 듣는 척만 하는 요령을 익히는 건가 싶어서였다.

그래서 한국어로도 영어로도, 자신의 이야기를 쏟아내는 사람의 말을 마음과 주의를 다해서 듣고 거기에 진심을 담아 반응해 보기도 했다. 그런데 그들이 원했던 건 자신의 이야기를 그저 받아주는 것이었다. 그들이 하는 이야기를 듣는 것이 아니라, 그들이 원하는 반응을 읽어내는 것이 그들을 더 행복하게 해주었다. 처음에는 양심에 찔리기도 했지만 이제는 아주 너그러운 마음으로 듣는 척을 하면서 안 듣는다. 그들의 말을 끊지도 반대하지도, 어쭙잖은 의견을 제시하지도 않는다. 대신 아주 열심히 듣는다는 표시를 해준다.

또다시 드는 의문. 언어라는 게 도대체 뭔가? 언어는 얼마나 부질없는가? 서로 이해할 수 없고 소통할 수 없는 사람들에게 소통할 수 있다는 환상을 심어주는 게 아닐까? 영어든 한국어든 언어를 넘어서 정말로 사람을 듣는다는 것은 뭔지 생각해 보게 된다. 사람을 들으려고 하는 것. 영어로 소통하는 미국 사람들을 만나면, 나는 그들이 성장해 온 사회, 문화, 지리적 배경을 잘 모른다는 것을 기억한다. 그렇게 아무것도 모르는 상황에서 그 사람이 하는 말로 그 배경을 메우려고 해본다. 한국 사람과 대화할 때는 우리가 서로 말하지 않아도 짐작해 낼 수 있는 풍부한 배경을 드러내는 그의 말은 무엇인지 들으려고 해본다.

한국어로
말할 때의 나

그리하여 나는 내 머리를,
내가 자르는 사람이 되기로 했다.

미장원에 가지 않고 직접 머리를 자른 지 10년은 넘은 것 같다. 나는 아주 심한 곱슬머리를 타고났다. 두발 규정이 엄격했던 중고등학교 때 검사를 하는 선생님이 "설마 이렇게 부스스한 게 파마는 아니겠지?"라며 농담 같은 의심을 하기도 했다. 머리를 막 감고 나면 한 달쯤 안 감은 것처럼 지저분해 보이고 기름으로 떡이 져야 그나마 조금 차분해졌다. 머리카락을 가지런히 윤기 나게 펴주는 스트레이트나 매직 파마를 하면 효과가 나긴 나는데 남들보다 두 배 이상 시간이 걸렸다. 그러고도 두 주 정도면 머리가 원상으로 돌아왔다. 미용사들이 매직 파마가 이렇게 쉽게 풀리는 건 처음 봤다고들 했다.

20대 내내 머리와 씨름했다. 머리에 쏘는 열 때문에 땀을 뻘뻘 흘리고, 아래로 잡아당겨진 두피는 얼얼하고, 힘을 준 목덜미가 뻐근했다. 이렇게 하루를 다 들여 매직 파마를 하고 나면 일주일은 다른 사람이 됐다. 예뻐지는 건 둘째 치고 성격까지 달라지는 것 같았다. 좀 더 맑은 정신을 가진 사람이 된 기분이라고 해야 할까. 하지만 격주에 한 번씩 미장원을 갈 수는 없었다. 머리에 그만한 돈과 시간과 에너지를 쏟기에 나는 외모가 그렇게 결정적인 사람은 아니었다. 그래도 머리 때문에 매일 짜증이 났다.

20대의 끝 무렵, 명동 번화가 카페에서 두어 번 만난 외국인 남자와 창밖을 보며 대화를 나누고 있었다. K-컬처가 전 세계에 퍼지기 훨씬 전의 일이다. 한국은 처음이라는 그 남자가 정말 궁금하다는 듯이 물었다.

　"한국 여자들 헤어스타일이 너무 낯선데, 네 머리는 자연스러워 보여. 한국인 머리가 다들 유전적으로 저런 거야? 아님 유행이야?"

　그 외국인 남자가 무얼 말하는지 이해하기까지 한참 질문을 주고받아야 했다. 그에게는 한국 여자들의 곧게 뻗은 긴 머리가 그렇게 신기해 보였던 것이다. 명동 거리에서 긴 생머리로 다니는 (타고난 직모이든 생머리처럼 보이게 만든 것이든) 젊은 여자들이 유난히 압도적으로 많던 시절이었다. 그때도 내 머리는 제멋대로 부스스하게 구불거리고, 억센 머리가 얼굴을 찌르지 않게 이리저리 핀이나 헤어밴드 같은 걸로 수습한 상태였을 것이다. 그 외국인 남자에게 긴 생머리가 정말로 이상해 보이는지 몇 번이고 묻고 또 물었다.

　"똑같은 질문을 여러 번 해서 미안한데, 믿을 수가 없어서. 저 머리가 단정하고 여성스럽게 느껴지지 않는단 말이야? 내 머리가 저렇지 않아서 지저분해 보이지 않아? 저건 나의 소망이라고."

"머리를 저렇게 반듯하게 펴서 내려뜨린 게 꼭 커튼 같아. 사람 머리 같지가 않아. 나쁘다거나 밉다는 게 아니고, 나한테는 신기하고 낯설고 조금은 이상해 보여. 네 머리는 그냥 자연스러운 머리잖아. 사람마다 다 다른 머리 말이야. 물론 네 머리도 까맣고 두꺼워 보여서 내게 익숙한 건 아니지만 원래 사람마다 다 다른 머리를 가진 거니까, '네 머리는 이렇구나' 하고 느껴지지. 저렇게 반듯하게 내려진 천 같은 머리가 가끔 보이면 모를까 너무 많아. 너한테는 저렇게 다 똑같은 게 이상해 보이지 않아?"

이날 나는 찬물을 뒤집어쓴 것처럼 화들짝 놀랐다. 상상해 본 적도 없는 다른 시각이 있다는 걸 그렇게 알았다. 나는 단정하고 차분한 머리를 서서히 포기했다. 어차피 가능하지도 않은데 애쓰거나 짜증 내는 걸 그만두기로 한 것이다. 그렇다고 곧바로 내 머리를 직접 자르기 시작한 건 아니다. 거기까지 또 몇 년이 더 걸렸다. 그동안 많은 미용사를 찾아다니면서 이런 주문을 했다.

"제 머릿결로 예쁜 머리는 불가능하거든요. 그러니까 핀이나 머리 끈을 쓰지 않고도 머리가 얼굴에 흘러내리거나 찌르지 않아야 하고…."

이렇게 말하고 그때마다 내키는 스타일로 잘라달라고 부탁했다. 이때부터 진짜 문제가 생겼다. 미용사는 여전히 나의 심한 곱슬을 지적하면서 어떻게 머리를 반듯하게 펼 것인지, 단정해 보이게 관리하려면 어떤 스타일로 해야 하고 어떤 제품을 써야 하는지를 구구절절 설명했다. 나는 좀 더 분명하게 말하기로 했다.

"이 머리를 찰랑하게 만들려고 별별 수를 이미 다 써 봤는데 소용없었어요. 그건 포기했으니까 불편하지 않게 자르면 돼요. 못생기거나 이상하게 보여도 상관없어요."

하지만 미용사들은 내가 이런 말을 하지 않은 것처럼 어떻게든 차분하고 예쁘게 만들어주고 싶어 했다. 가끔은 왜 자신의 말을 믿지 않냐고 되묻기도 했다. 끝내 들은 대답은, 긴 생머리를 보고 천을 늘어뜨린 것 같다는 외국인의 대답만큼이나 나를 놀라게 했다.

"손님이 괜찮다고 해서 정말 그렇게 하면 나중에 엄청나게 항의받아요. 한두 번 당한 게 아니에요. 무조건 예뻐 보이게 하지 않으면, 해달라는 대로 해준 건데도 아니라고 난리가 난다고요."

10년도 훌쩍 넘은 옛날이야기니 지금은 고객의 요구에 맞춰 개성 넘치는 스타일을 상담해 주는 미용사들이 많아졌는지도 모르겠다. 어쨌든 당시 미용사들은 내 말을 안 들은 것도 아니고 들은 것도 아니었다. 당시 유행에 맞게 예쁘다고 여겨질 만한 어떤 스타일이 내가 원하는 것을 설명하는 말보다 더 중요한 시절이었던 것이다.

내가 아무리 괜찮다고 말해도 달라질 게 없다는 것을 그렇게 이해했다. 겨우 고집을 부려서 내가 원하는 대로 자르기는 했지만, 매번 나는 찰랑거리고 관리가 쉬운 머리를 하라는 이야기를 꾸역꾸역 들어야 했다. 말이 없는 미용사를 만나기도 했지만, 그런 사람은 너무 불친절하게 느껴지거나 화가 난 게 아닐까 싶어서 불편했다. 아마도 내가 유행에 맞지 않는 헤어스타일을 요구하고 나서는 지레짐작으로 나 혼자서 괜히 눈치를 봤을 가능성이 높다.

그리하여 나는 내 머리를, 내가 자르는 사람이 되기로 했다. 보이지 않는 뒤쪽 머리도 손으로 더듬으며 만져지는 대로 대강 자른다. 사람들은 대부분 내가 자른 머리에 별로 관심이 없다. 그래도 알아보는 사람들이 제법 있다.

"머리 직접 자른 거야? 티가 나긴 나는데, 그렇게 심각하게 이상하지는 않네."

대부분 쥐어뜯은 것처럼 들쭉날쭉할 때가 많고, 그러

다 아주 가끔은 유행과 맞아떨어져 개성 있고 멋지게 보일 때도 있다. 나의 부스스한 곱슬머리가 이때는 한몫한다. 직모가 아니다 보니 엉망으로 잘라도 그렇게 심하게 도드라져 보이지 않는다. 어차피 전체적으로 어수선해 보이니까. 헤어스타일 덕분에 예뻐 보이거나 기분이 좋아지는 일은 없다. 다만 머리가 이마나 목을 덮는 듯한 느낌이 들면, 내가 내킬 때 내 손으로 드르륵 잘라서 벗겨버리는 기분은 무척이나 상쾌하다.

내가 나고 자란 한국에서 한국말로 내 머리를 내 마음대로 자르겠다는 나의 의도를, 역시 한국에서 나고 자란 한국말 쓰는 미용사에게 납득시키는 것이 불가능에 가까울 수 있다는 깨달음은 역설적이게도 영어로 의사소통을 하면서 찾아온 셈이다.

서로 모국어인 한국말을 쓰는 사람들끼리 각자 원하는 바를 전달할 수 없다는 것을 의식적으로 깨달을 수 있었던 건, 내가 원하는 것과 거리를 두고 다른 언어로 설명했기 때문이다. 미용사만 내 말을 이해하지 못한 게 아니다. 나 자신도 나의 이야기를 헤아리지 않고 있었다. 내 머리를 어떻게든 찰랑찰랑 반듯하게 펴야 단정할 것이고, 그렇게 될 수 있을 거라고 일방적으로 윽박지르고 있었던 건 누구보다 바로 나 자신이었으니까.

물론 한국 사람이 흔히 갖는 아름다운 머리에 대한 기준에서 내가 완전히 벗어난 건 아니다. 나는 여전히 한국 사람이니까. 흑인들의 땋은 머리, 백인들의 동그랗게 구불거리는 가느다란 머리가 나에게는 여전히 생소하다. 하지만 내 머리는 한국 사람의 머리지만 동시에 나만의 머리라는 것에 귀 기울일 수 있는 의식적인 자아가 새로 생긴 건, 영어라는 언어와 문화의 입장에 서봤기 때문이다. 내가 지독하게 한국 사람이라는 것을 인정하면서도 스스로 귀 기울여야 할 나 혼자만의 언어가 따로 있다는 것을 알게 된 것이다.

미국에서 직접 머리를 자르다가 한국에 방문하면 가끔 미장원에 가기도 한다. 머리가 갑갑하다고 내 집 욕실이 아닌 곳에서 사방팔방 머리카락을 흩날리며 자를 수도 없으니. 예전처럼 어떤 머리를 하겠다는 구체적인 계획 없이 그냥 간다. 어떻게든 미용사와 적당히 눈치를 주고받으며 머리를 하고 나온다. 매직 파마를 하라고 강력하게 권하면 오늘은 시간이 없으니 다음에 예약하고 오겠다고 말한다. 예전처럼 그들이 내 말을 알아듣지 못한다고 생각하지 않는다. 그들도 나도 한국 사람이니까 말로 하지 않아도 내가 누구인지 몰라도 여전히 나를 아주 많이 알고 있다. 그걸 인정하기로 했다.

내가 원하는 것을 나도 제대로 모른다는 것을 몰라서 짜증 내고 고생하던 시절도 있었는데, 이제는 남들에게 화를 낼 이유가 없다는 것도 안다. 억지로 한국적인 기준에 맞추려고 하지 않고, 내가 원하는 것을 고집하지도 않고, 그냥 흔쾌히 적당히 맞추는 것 역시 내가 원하는 것이기도 하다는 것을 알게 된 것이다. 한국 문화에서 떨어져보고 나서야 말이다.

영어로
말할 때의 나

낯선 것은 쌍방이 마찬가지다.

누군가와 영어로 의사소통을 할 때는 한국어로 말할 때와는 태도가 완전 달라진다. 한국에서는 내가 원하는 것을 미리 정해서 박박 우기지 않고, 상황과 상대방과 함께 물결 타는 법을 배웠다. 그게 나를 잃거나 버리는 게 아니라는 것도 알게 됐다. 그걸 알게 된 만큼 영어를 쓸 때에는 내가 원하는 것을 지독할 정도로 명확하게 전달하기로 굳게 마음먹는다. 나도 모르는 내 마음까지도 박박 긁어내서 내가 요구하고자 하는 것을 정확하게 스스로 확인하고 상대방에게 전달하려고 한다. 영어는 외국어이기에 내가 의문을 품지 않았던 것조차 낯설게 볼 수 있는 새로운 도구가 되어준다. 낯선 것은 쌍방이 마찬가지다. 영어를 쓰는 상대방 역시 나를 모른다. 그들은 나를 외국인으로 보기 때문에 사전 추측을 할 수 없다.

미국 학교에서는 엄마들이 수업에 참여해 저학년 아이들에게 책을 읽어주기도 하고, 미술 시간에는 공작 같은 걸 도와주기도 한다. 이런 봉사 활동뿐 아니라 방과 후 스포츠 프로그램에도 적극적으로 참석한다. 지켜보면서 응원도 하고 간식을 챙겨주거나 연습 스케줄 관리도 돕는다. 나는 아무것도 안 하기로 했다. 그게 나의 결정이었다.

한국계 학부모들은 나를 위해 이런저런 조언을 해주

곤 한다. 내 머리를 차분하게 관리할 수 있는 스타일과 트리트먼트를 적극적으로 조언해 주듯이. 그들은 나를 알고 있기 때문에 적절한 조언을 해주는 것은 나를 염려하기 때문이다. 하지만 그들은 나를 모른다는 것을 모른다. 10년 동안 내가 내 머리에 들인 나의 노력의 과정, 내 머리의 특이성을 모르는 것처럼 내가 아이를 키우는 방식이나 나와 아이의 독특한 성품에 대해서 모른다.

큰아이가 초등학교 5학년을 마치면서 한국계는커녕 아시아계 학생이 하나도 없는 시골 동네로 이사를 오고 난 후부터는 정말로 아이들 교육을 내가 원하는 바대로 했다. 아이에게 적당한 결핍의 기회를 폭넓게 주기로 했고, 그러기 위해 부모가 너무 밀착해 보호하지 않으려 했다. 일상생활에서 맞닥뜨리는 문제를 스스로 해결할 수 있도록 학교 생활에 적절히 무관심한 것도 방법 중 하나였다.

1년에 딱 한 번 학부모 의무 면담을 위해 학교에 가면 선생님과 다른 학부모들은 우리 아이들을 아주 잘 알고 있었고, 정말로 나를 궁금해했다. 도대체 어떤 부모일까. 동양인을 거의 접하지 않고 사는 동네 사람들이라 더욱 우리를 평가하지 못했다. 둘째가 초등학교 저학년일 때는

"네 아빠가 어떤 사람인지 보고 싶어"라고 진지하게 부탁하는 반 친구가 있을 정도였다. 선생님에게 아이들이 공부보다는 아무것도 하지 않는 여유로운 시간을 많이 갖게 하고 싶다는 나의 교육 목표를 진지하게 말하면, 선생님은 치열한 경쟁과 높은 교육열로 유명해진 독특한 한국 문화의 영향(반작용)일 거라고 짐작하기도 했다. 미국 사람들이 나를 모른다는 것이 이렇게 좋을 수가.

하루는 버블티 가게에 갔다. 음료를 받고 보니 주문한 것과 달랐다. 한국에서라면 잘못 나온 걸 그냥 먹었을 것이다. 항의하는 느낌을 전달하지 않고 점잖게 말하려면 한국말로는 상당히 어렵다. "저… 죄송한데요" 이렇게 시작해서, 굉장히 미안한 마음과 표정을 가득 담아서 말하게 된다. 그렇게 하지 않으면 갑질처럼 느껴지기 쉽다. 상대의 "고객님, 죄송합니다. 바로…" 같은 지나친 높임도 불편하지만, 그렇지 않으면 또 어쩐지 불친절하게 느껴지곤 한다. 이게 귀찮아서 잘못 나온 것도 참고 그냥 먹고 만다. 그런데 미국에서 영어로 말할 때에는 사실을 말하는 게 너무도 쉽게 느껴진다. "이건 내가 주문한 게 아닌데. 새로 만들어줄 수 있어?" 이렇게 간단하게 말하면 충분하다. 그러면 주문받는 사람도, 담백하게 "미안. 새로 만들어줄게" 하고 끝이다.

아이들과의 관계에서도 그렇다. 내가 연장자나 부모로서 어떤 말을 하고 싶어도 한국말로 하면 이미 대등하지가 않다. 내가 한 말에 어린 사람이 쉽사리 반대 의견을 말할 수가 없다. 한국말로 어린 사람이 반대 의견을 말하면 어쩐지 불편하게 들리기 때문이다. 그래서 한국말을 하는 상황에서는 나보다 나이 많은 사람이 어떤 주장을 하면 나는 '네, 네' 대답만 할 뿐 내 생각을 꺼내려 하지 않고, 나보다 어린 사람에게는 애초에 내 의견을 말하지 않는다. 하지만 영어로 하면 각자 자신의 의견을 말해도 예의에 어긋나게 들리지 않는다. 그래서 아이들에게 애정을 표현할 때에는 한국말로 하지만, 교훈을 들려줄 때에는 영어로 말하게 된다. 영어로 하면 감정이나 강요, 위아래 관계에 대한 전제 없이 내가 전하고자 하는 메시지만을 전달하는 게 더 쉽게 느껴진다. 이럴 때 아이들에게 내가 들려준 이야기에 대한 의견을 묻는데, 아이가 '엄마는' 이렇게 말하지 않고, 'You'라고 지칭하는 게 편하다. 관계보다는 내용에 집중하게 된다.

그런데 이번에는 중국어 억양이 심한 중국계 직원이

내가 무슨 말을 하는지 잘 이해하지 못했다. 귀찮은데 그 냥 먹어버릴까 하는 생각이 들었다. 한국에서 만들어진 습관이다. 하지만 영어로 말하기 때문에, 더 또박또박 한 단어씩 반복해서 말했다.

직원은 한참을 영수증과 주문 키오스크를 대조하며 보고 또 본다. 그가 내 말을 알아들었는지는 알 수 없다. 별다른 말이 없어서 나에게 짜증을 내는지도 분간이 잘 안 간다. 하지만 나는 내가 원하는 음료를 받기를 바란다.

그는 음료를 가져갔다. 다시 만들어주겠다는 말도 없 이 가버렸지만, 그가 영어가 서툴러서 그런 건지, 성격이 무뚝뚝한 건지, 나에게 화가 난 건지 절대로 알 수가 없 다. 알 수 없는 게 불편하기는커녕 편했다. 그 역시 나의 마음을 읽지 못했을 것이다. 하지만 그것이 나는 더 이상 불편하지 않다. 언어가 의사를 전달하는 기능만 남아서 우리는 서로를 완벽하게 모르고, 상대가 원하는 것만을 아 는 상태가 됐다. 이런 불편이 역설적으로 이상한 편안함 이 됐다. 그렇게 나는 내가 원래 주문했던 음료를 마셨다.

원하는 것을 스스로 의식적으로 찾아보고, 그것을 언 어로 표현하는 것은 나에게 새로운 경험이었다. 한국어로 한국 사람과도 더 잘 지내게 됐다고 했다. 하지만 모든 게 다 좋기만 할 리는 없다. 이렇게 영어를 쓰는 것, 즉 나 스스로도 그리고 미국인들도 나를 외국인으로 낯설게 대하기를 바라면 친구가 되거나 마음을 나누기 어렵다는 것도 깨닫게 됐다. 내가 원하는 모든 걸 설명하는 건 좋기도 하지만 동시에 피곤한 일이라는 것도 미국에서 영어를 쓰면서 알게 된 사실이다.

친구 사이는 좀 더 편안해야 한다. 말하지 않아도 뭔가를 알 것 같다는 기분, 알지 못해도 아는 것처럼 관계를 맺는 것이다. 신기하게도 한국에서 예전에는 무례하다고 느낄 수도 있었던 것들이 편하다고 느껴진다. 사람들을 만나서 내가 먹고 싶은 것, 내가 하고 싶은 것, 내가 가고 싶은 곳을 스스로 정하지 않아도 서로 눈치껏 시간을 보내게 된다. 그리고 친구가 아니라도 심지어 처음 만난 사람도 오래 알고 지낸 외국인들보다 훨씬 더 쉽게 나를 판단하기 때문에, 나는 내가 어떤 사람인지 주장하려는 의식적인 노력을 하지 않아도 된다. 설사 나에 대해 이런저런 오지랖 넓은 충고를 해도 그냥 받아들인다. 그런 사람들을 좋아하게 됐다거나 이해하게 됐다는 것이 아니라, 그 사람 생각을 바꾸거나 내가 원하는 나의 인상을 전달

하기 위해 내 에너지를 쓰지 않고 그렇게 생각하도록 놔
두기로 한 것이다.

외국인들과 우정을 나누고 친구가 되는 사람들도 있
다. 그들은 열린 마음을 가져서 그렇겠거니 추측해 본다.
나는 대신 영어를 쓰면서 내가 원하는 바에 더 집중하고,
한국 사람들에게 마음이 더 열리는 쪽이 됐다.

그러다 보니 나는 미국에 살면서 내가 이방인인 것을
좋아할 수 있다. 내가 나의 언어로 나의 문화에서 할 수
없었던 오로지 '나'로만 존재하기, 그래서 내가 원하는 것
을 정확하게 전달하는 것을 공격적으로 해볼 수 있다. 내
가 아무리 공격적이라도 미국 사람들은 그걸 공격적이라
고 생각하지 않는다. 나는 여전히 꽤나 온순한 동양 여자
처럼 보인다. 그들이 가진 동양 여자에 대한 이미지는 그
렇게 단순하기 짝이 없으니까. 그래서 내 딴에는 마음껏
공격적으로 내 주장을 할 수 있다. 그들과 친구가 될 수
없는 건 한국 사람들에게 느꼈던 답답함이 사라진 것으
로 채운다. 한국에서 결코 편하지 못했었는데 이제는 너
무 편하다. 외롭다고 느끼지 않는다.

여기서 나는 답이 없는 의문에 빠진다. 나는 어떤 사

람일까? 자기주장이 강한 사람일까? 순응적이고 온순한 사람일까? 한국에서 한국어로만 살 때 나는 당연히 자기주장이 강한 사람이라고 생각했다. 그런데, 미국 사람과 영어로 맺는 관계에서 나는 한국에서보다 더 강하게 말해도 여전히 온순한 편이다. 나는 친구를 쉽게 사귀는 사람일까? 내성적인 사람일까? 미국에 와서 친구를 많이 사귀지 못하는 것에 대해 생각해 보니, 나는 한국에서도 그런 사람이었다. 그런데 이제는 한국을 방문하면 한국 사람들과 잘 어울리고 중년이 넘어서 오히려 새로운 친구들을 잘 사귀게 됐다. 그렇다고 한국이 그립다거나 한국계 친구들을 찾는 것도 아니다. 여전히 한국 문화 안에서 나는 참견받는다고 느끼고, 더 이상 화가 나지는 않지만 오히려 냉담한 거리를 유지한다. 결론적으로 영어를 쓰고 미국에 살면서 나는 어떤 고정된 사람이기를 멈추게 된 것이다. 영어를 쓰면서 생긴 나 자신과의 거리, 나 자신에 대한 낯설음을 통해 나는 고정된 사람이 아니라는 것을 알게 되었다.

비교해야만
알 수 있다

비교는 오히려 자기 탐구의 출발이 된다.

한국인 지인 중 일본어를 오래 공부한 이가 자신의 일본어 학습 경험을 들려준 적이 있다. 그는 일본이 한국보다 더 예의를 갖추어 말하는 편이라고 했다. 이런 일본어를 배우다 보니 한국어를 쓸 때도 자신이 원하거나 생각하는 바를 직접적으로 표현하지 않고 더 조심스럽게 돌려서 말하게 됐다는 것이다.

앞의 글에서 쓴 것처럼 나는 영어를 배우면서 내가 원하는 것에 대해 더 정확하고 구체적으로 생각하고 남들에게 요청하기 시작했는데, 모든 외국어가 비슷한 변화를 가져오는 것은 아니구나 싶었다.

내가 사용하는 외국어는 영어 하나뿐이라서 어렴풋이 일본어 학습자를 부러워하고 있었다. 고급 단계로 가면 어떤 언어라도 어렵겠지만 적어도 초급에서는 한국어 사용자가 영어를 배우는 것보다 일본어를 배우는 게 훨씬 쉽지 않을까 싶어서. 미국 정보 부처나 외교부에서 영어가 모국어인 직원들에게 가르치는 외국어 중 가장 어려운 언어 그룹에 한국어가 자리하고 있다. 그만큼 영어와 한국어는 멀고 멀다. 그런데 지인의 일본어 이야기를 듣고 영어가 배우기 어려운 만큼 이점도 크지 않을까 생각하게 됐다. 그것은 바로 비교할 수 있다는 점. 영어와 한국어 두 언어가 다른 만큼 그 문화도 너무나 달라서 극명하게 비교가 된다.

내가 비교에 대해 다른 생각을 갖게 된 것은 두 아이를 키우면서부터다. 형제자매를 비교하는 게 좋지 않다는 이야기는 들었다. 그런데 막상 내가 두 아이의 엄마가 되고 보니, 도무지 비교를 안 할 수가 없었다. 두 아이는 정말이지 달라도 너무 다르다. 두 아이의 다른 점에 대해 나는 즉각적으로 다른 반응을 보인다. 더 정확하게 말하자면, 두 아이가 비교되면 나는 그중 한 아이가 더 좋거나 혹은 한 아이에게 더 화가 나는 것이다. 바로 차별 대우. 이 당혹스러운 상황에 대해 나는 정면 돌파를 선택했다. 다른 아이를 다르다고 인정하고, 나 역시 다르게 대한다는 것조차 인정하기로.

식성, 좋아하는 색깔 같은 것에서부터 두 아이가 다른 것은 무수히 많은데 그중 가장 두드러진 것은 타인과의 관계에서다. 큰아이는 자신이 원하는 것보다 남들과 상황을 파악하는 데에서 시작한다. 반면 둘째는 남들이나 주변에 대한 관심보다는 자신이 원하는 것을 먼저 파악하고 그것을 고집하고 주장한다. 처음에는 큰아이가 말을 잘 들어서 더 편했다. 둘째는 까탈스럽게 느껴졌다. 에피소드가 생길 때마다 아이 둘과 나는 이런 차이점을 꼼꼼히 비교했다. 둘의 다른 점을 비교하면서 내가 엄마로서 언니에게 더 부드러운 태도를 보이는 것까지 이야기했다. 그렇게 비교를 시작하고 얼마 되지 않아서 우리는 더 치밀한 비교 포인트를 찾아냈다. 처음부터 자기주장을 내세우는 둘째가 막상 사소한 것에 만족하고 나면 나중에 더 소탈하다는 것을. 큰아이는 남들 눈치 보는 행동을 하면서 오히려 주변 사람들에게 혼란을 주기도 하다는 것을. 그러니까 결론은 두 아이들의 다름은 더 좋고 더 나쁜 게 아닌 그야말로 '다름'이었다.

이 관찰과 토론은 아이들이 성장하는 10년 넘는 세월 동안 온 가족이 다 함께 참여해서 끊임없이 해온 것이다. 아이들이 10대가 될 무렵에는 이미 자기 자신에 대해서 집요하고 자세하게 알 수 있었고, 그런 지식을 통해 다른 사람들과의 관계에서 스스로를 실험하고 테스트하는 단계에 이르렀다. 예를 들면 자신을 차별하는 선생님을 만났을 때 자신의 성격과 그 선생님의 성격이 어떻게 충돌하는지, 어떤 실험을 할 수 있는지 분석해 보는 것이다.

아이들의 이런 성장 과정을 함께하면서 나는 비교가

나쁜 건, 비교 때문이 아니라 비교와 가치판단을 혼동하기 때문이라는 것을 알게 됐다. 예를 들어, '너는 울고 떼를 쓰는 애야, 언니는 잘 울지도 떼를 쓰지도 않지'라고 비교를 하는 것 자체가 나쁜 것이 아니라, '울고 떼를 쓰는 건 나쁜 거'라는 가치판단이 나쁜 것이다. 울고 떼를 쓰는 것은 너만의 주장 방식이고 네가 왜 그런 방법을 쓰는지 더 알아보는 기회라고 한다면, 비교는 오히려 자기 탐구의 출발이 된다.

영어와 한국어의 비교도 마찬가지다. 구구절절 설명하는 영어의 방식이 좋다거나, 감정과 맥락을 행간에 품는 한국어가 좋다거나 하는 것이 아니라, 두 언어의 차이를 비교하면 직선적 논리의 설명이 무엇인지, 언어 바깥의 맥락을 고려한다는 것이 무엇인지를 탐구하게 되는 것이다.

미국인들이 정말 자주 쓰는 표현이 '내가 뭘 해줄까?What can I do for you?, What do you want?, What do you want me to do?'다. 언어이기 때문에 100퍼센트라는 건 없지만, 한국 사람들의 대화에서 이런 표현이 나올 정도면 상당히 감정적으로 화가 난 경우가 많다. '나보고 어쩌라고, 이제

난 모르겠다, 포기하겠다' 이런 느낌에 가깝다. 그런데 미국에서는 이렇게 감정이 고조됐을 때 쓰기도 하지만, 문자 그대로 '어떻게 해줄까?' 하고 물을 때에도 자연스럽게 쓴다. 한국에서는 화가 나지 않은 상태에서 '뭐 해줄까'라고 묻는 것은 정말 묻는다기보다 호의를 전달하는 의도가 더 강하다. 그러니 '뭐 해줄까' 한다고 해서 원하는 것을 줄줄 늘어놓기보다는 상대의 의도를 읽는 게 더 중요할 것이다. 하지만 미국에서는 정말로 내가 원하는 것을 아주 자세하고 직설적으로 말해도 된다. 물론 사람의 마음이라는 것에는 보편성이 있어서 미국이라고 무한대로 말해도 된다는 것은 아니지만 분명히 한국보다는 그 폭이 훨씬 넓어서 내가 원하는 것을 곰곰이 생각해도 된다.

어떤 언어나 문화가 더 우월한 건 아니다. 물론 영어가 경제적, 국제적으로 더 많은 유용성을 가지고 있는 시대를 살고 있다는 것을 부정할 수는 없다. 하지만 영어의 유용성이 더 높게 평가되는 현실과는 별개로 나의 개인적인 내면을 탐구할 때에는 균형 있게 두 언어를 평가해도 된다. 울고 떼쓰는 게 학교에서는 고쳐야 할 현실이라고 해서 가족과의 관계에서도 똑같은 규칙과 과정을 따를 필요는 없는 것처럼.

한국어를 쓰는 나는 영어를 쓰는 나와 극과 극의 비교를 통해서, 내가 생각해 온 '나'나 한국 사회에서 생각하는 '나'가 더 이상 아니게 된다. 고정된 '나'가 따로 존재하는 게 아니라, 아주 복잡해서 끊임없이 탐구해야 하는 대상이 되는 것이다. '나'가 고정되지 않으면 인생의 은밀하고 큰 재미 하나가 늘어나는 셈이다.

한국말을 하다가 이걸 영어로 어떻게 말할까 생각해보곤 한다. 영어를 알기 위해서가 아니다. 오히려 궁금해하는 것들은 영어에는 없는 표현들이다. 가령 뜨거운 국물을 먹으면서 '시원하다'고 말할 때, '고소하다'고 말할 때. 이러한 감각을 경험하고, 말로 표현할 필요가 있는 정서를 지닌 나 자신을 거리를 두고 바라본다. 내가 미국에서 경험하는 수프와 한국의 국에서 느끼는 감각과 정서가 절대로 똑같지 않다는 것을 생각해 본다. 국을 새롭게 느껴본다. 국을 즐기는 나의 방식은 당연한 것이 아니다. 비교를 하지만 차별하지 않는 법에 대해서도 나는 끊임없이 생각하게 된다.

집으로 돌아오기 위해 여행을 떠난다고들 한다. 수천

년 전 오디세우스가 떠났던 고난으로 가득한 여정의 종
착지는 고향이었다. 어차피 돌아올 걸 애당초 왜 떠나나?
돌아온 고향은 떠나기 전과 같지 않기 때문이다. 나를 길
러낸 고향이 아닌 낯선 곳에서 나는 다른 내가 될 수 있
고, 되어야만 한다. 그렇게 달라진 '나'에게 고향은 더 이
상 이전과 같을 수 없는 것이다. 그렇다고 고향이 완전히
낯선 곳은 아니다. 내가 달라졌다고 해서 완전히 새로운
사람이 아닌 것처럼. 나의 일부인 고향 그리고 과거의 나
는 사라지지 않고, 달라진 '나'와 통합된다.

나는 여행을 좋아하지 않는다. 오디세우스처럼 새로
운 세상을 탐험하는 용기가 없다. 여행을 가봤자 검색을
해서 남들이 맛있다고 하는 음식점이나 명소에 가볼 뿐
이다. 그리하여 피곤하기는 한데 지루하기 짝이 없는 게
나의 여행이다. 낯선 곳으로 가면 좋을 텐데, 겁이 많고
소심해서 도저히 그렇게 못 한다.

대신 영어는 나에게 편안한 자신의 집을 떠났다가 무
수한 모험을 한 후 집으로 돌아온 오디세우스의 여행과
같은 경험이 되곤 한다. 여행을 격렬히 싫어하는 내 성격
상 영어 경험이야말로 나로부터 떠났다 나에게로 돌아오
는 딱 맞는 방법이다. 특히나 오디세우스의 여행처럼 오

랜 시간이 걸려야 하는 것도 아니다. 영어에 숙달할 필요
도 없다. 영어가 서툴렀던 시절, 영어를 써먹기 시작하자
마자 이미 나는 새로운 세상과 마주했다.

권력에 대한
감각

너는 나의 영어를 칭찬할 자격이 없다.

영어는 권력인가?

나의 영어에 대해서 사람들이 느닷없이 등급을 매기곤 한다. 다짜고짜 번역이나 통역을 해달라기에 거절하면 '영어 잘한다고 잘난 척이냐'고 불쾌해한다. 나는 원래 거절을 잘하는 인간이고 그런 나의 성격을 잘 아는 사람들인데, 어쩐지 영어가 개입되는 순간 오로지 나의 영어만이 이유가 된다. 혹은 내가 영어를 잘하기 때문에 취직이 잘됐다거나 이민 생활이 쉬운 거라고 한다. 영어나 취직, 이민 생활에 대한 이야기를 하고 있었던 게 아닌데 갑자기 이게 무슨 상황이지? 그래서 나도 얼떨결에 '응? 뭐라고? 내가 영어를 잘한다고? 나의 이민 생활이나 취직이 쉬웠던가?'를 떠올리느라 당황하곤 한다. 이런 사람들은 나의 영어를 높게 평가하고 부러워하거나 질투하는 건데, '그럴 만한 근거가 별로 없다고, 그러니까 나는 영어를 잘하는 것도 아니고 사는 게 쉬운 적도 없다'고 설명하고 싶지만, 꾹 참는다.

왜냐하면 반대로 내가 영어를 못한다는 사실을 꼭 짚어서 내게 알려주고 싶어 하는 사람들의 수도 비슷하기 때문이다. 물론 이 경우 역시 내가 물은 것도 아니고 비슷한 이야기를 하고 있던 것도 아닌데 뜬금없이 일어난다. 이 두 부류의 평가를 합쳐 평균을 내면 내 영어가 얼추 그 중간쯤이 아닐까 하는 황당한 생각을 해보기도 한다. 그래서 나는 나의 영어 수준이나 혹은 나의 영어 때문에 사는 게 쉬운지 어려운지에 대해서 생각하지 않는다. 그건 전혀 상관이 없는 거라고 생각한다.

아주 이상한 상황 아닌가? 사람들은 나의 영어에 대해 평가를 하고 싶어 하고, 나는 그것을 거부하는 상황. 결코 평범한 상황은 아니다. 영어 말고 다른 능력에 대해 평가하고 싶어 하는 경우는 정말이지 없었다. 특히 이런 상황이 어쩌다 한 번이 아니라 자주 재연되니까 나는 이것을 권력의 속성으로 이해한다. 권력은 존재하지 않는 것을 존재한다고 상상하는 것이다.

초등학교 시절부터 나를 잠 못 들게 했던 이야기 중 하나가 『벌거벗은 임금님』이었다. 사치를 좋아하는 임금님에게 어떤 재단사가 '이건 멍청이에게는 보이지 않는 특별한 천'이라고 속였고, 임금님은 있지도 않은 그 천으로 지었다고 믿는 옷을 입고, 벌거벗은 상태로 백성들 앞에 나선다. 신하들도 백성들도 임금님이 벌거벗었다는 사실을 말했다가는 절대 권력인 그에게 벌을 받을 수도 있다는 걸 알기 때문에 입을 다물고 심지어 훌륭한 옷이라고 칭찬을 한다.

권력이라는 추상적인 개념에 대해 배운 적도 생각해본 적도 없었지만, 이게 엄청난 이야기라는 것만은 알 수있었다. 어린 나에게 절대 권력을 행사하는 사람들, 즉 부모님과 학교 선생님을 포함해 세상의 어른들이 나에게 강요하거나 가르치려고 하는 모든 것들에 대해 좀 더 시간을 들여 곱씹어 보게 됐다. 물론 그것을 곱씹어 본다고 해서, 당시에 그런 것들을 반박할 만큼 똑똑하거나 배경 지식을 갖고 있지는 못했지만, '내가 지금 정확하게 몰라도 뭔가 의심할 만한 게 있는 거야'라는 생각을 가만히 해보는 버릇만큼은 확실하게 갖게 됐다.

가령 영어를 반드시 잘해야 한다는 압박이 느껴지면, 이렇게 생각하는 것이다. '저 사람은 영어를 잘해야 한다고 주장하는군. 그게 뭐지?'

권력과 권력자는 다르다. 왕은 바른말을 하는 신하와 백성을 처벌할 수 있는 권력자지만, 그 스스로 권력은 아니다. 왕은 아름다운 옷을 입어야 하고 현명해야 한다는 명령에 속박된다. 그렇다면 이런 규칙을 정한 사람은 도대체 어디에 있는가? 어떤 옷을 입어야 하는지, 무엇이 현명한 것인지를 정한 사람, 그 권력자는 누구인가? 없다. 심지어 왕이 사람들을 처벌할 수 있다는 것은 누가 정한 것인가? 왕이 권위를 지켜야 하고, 그러기 위해서는 누군가를 처벌해야 한다는 것은 누가 정했나? 왕이 이런 권력을 좋아할 수는 있지만, 그가 정한 것은 아닐 것이다.

권력의 최종적인 특성은 바로 여기에 있다. 그 누구의 소유도 아니라는. 하지만 소유처럼 보이기 때문에, 그것을 얻기 위해 끝없이 투쟁하게 된다는. 누구에게도 속한 것이 아닌 이유는 바로 눈에 보이지 않는 옷, 정확하게 말하면 존재하지도 않는데 다 같이 존재하는 걸로 합의한 것뿐이라 소유할 수 있는 실체가 없기 때문이다. 합의가 중요하다. 왕도 깰 수 없는 모두의 합의. 그래서 존재하지도 않고, 따라서 누구의 소유도 아니다.

영어 역시 권력이지만 누구의 소유도 아니다. 나의 영어가 그 정도면 충분하다고 말해줄 수 있는 권위를 가진 권력자는 존재하지 않는다. 가끔 나에게 영어를 잘한다고 칭찬하는 원어민을 만날 때가 있다. 나는 고맙다고 말하지 않는다. 마음속으로 너는 나의 영어를 칭찬할 자격이 없다고 생각한다. 대신에 나는 "나는 원래 말을 잘해. 영어가 아니라. 그 차이를 아니?"라고 말한다. 대부분은 무슨 소린지 모르고 넘어가지만 간혹 예민한 사람은 미안하다며 사과를 하기도 한다.

권력의 속성은 그것이 어딘가에 존재한다는 다수의 믿음으로 작동한다는 것이다. 하지만 존재하지 않기 때문에 아무도 소유하지 못하고 우리를 끊임없이 구속한다. 영어를 잘해서 남들에게 인정받고, 혹은 영어를 못해서 손해를 본다고 믿는 것 자체가 권력의 영역이다.

그렇다면 영어 공부를 어떤 자세로 하고, 영어와 어떻게 관계 맺어야 하나? 어린 시절에 읽었던 『벌거벗은 임금님』의 결말이 기억나지 않아서 찾아봤다. 구경꾼 사이에 있던 아이가 한 명 등장한다. 그 애는 용감하게도 임금님이 벌거벗었다며 깔깔 웃는다. 여기서부터 결말은 일정하지 않다. 다른 사람들도 다 같이 웃어서 창피를 당한 임금님이 도망갔다고 하기도 한다. 혹은 이후에 임금님이 재단사를 처벌했다고도 한다. 아이는 웃었지만 다른 어른들이 동조하지 않아서 임금님이 끝까지 벌거벗은 상태로 행진을 했는데, 추위 때문에 병에 걸렸다고도 한다.

테슬라를 이끄는 일론 머스크가 자기 자식들도 보내고, 미래형 인재를 키우기 위해 세운 학교에서는 외국어를 가르치지 않기로 했다고 해서 화제가 된 적이 있다. 완벽한 통역 기술이 코앞이라 외국어 따위 배우는 시간에 다른 가치 있는 것을 배우게 하려는 의도라고 했다. 통역기가 완벽해지면 영어라는 권력도 사라질까? 통역기는 내가 하고 싶은 말을 통제하지는 않을까? 어쩐지 그럴 것 같다. 외국어를 배우는 시간에 배우는 다른 가치 있는 게 도대체 뭘까? 그것 역시 또 다른 권력이 될 게 뻔하다.

나는 여전히 영어를 배우고 열심히 쓴다. 대신 영어를 통해 내가 어떤 권력을 획득하리라는, 즉 내가 기회를 얻고 돈을 버는 데에 어떤 쓸모가 있으리라는 기대를 버린다. 더 정확하게 말하면 버리려고 노력할 뿐이다. 당연히 기대는 있고, 어떤 식으로든 실용적인 도움이 된다는 것을 부정할 수도 없다. 하지만 그게 생각처럼 어마어마하거나 결정적인 것은 아니다. 바로 그 차이를 아는 것만으로도 영어가 우리에게 가하는 구속과 압박으로부터 조금이나마 자유로워지지 않을까.

실험,
나를 새롭게 발견하는 일

나 자신을 이해하는 것은 행동함으로써만 가능하다.

영어를 못해도 생각만큼 불편하지도 불이익을 당하지도 않는다. 심지어 미국에 살아도 그 정도니 한국에서 살면 더욱 그럴 것이다. 여기서 중요한 건 '생각만큼'이라는 거다. '영어는 필수'라고들 하는 그런 말들의 힘이 강력해서 그렇게 생각이 된다. 그런 생각으로부터 나온 예측, 불안, 공포에 비하면 영어를 못해서 실제로 겪는 불편함은 '생각만큼' 크지 않다는 것이다. 전혀 불편하지 않다는 게 아니다.

그러니 영어를 딱히 좋아하지도 않고, 자신도 없고, 언어에 특별한 소질도 없는 경우에, 가장 좋은 건 속 편하게 영어를 안 하면 그만이다. 여기서 또 한 번 강조하고 싶은 건 '속 편하게'다. 진심으로. 외면이 아닌 진심이어야 한다. 그게 진심인지 아닌지는 본인만이 판단할 수 있다. 영어뿐만 아니라 세상에는 중요한 게 많다. 인정하기 싫지만, 호감형 외모나 사교적인 성격, 돈이나 인맥 같은 것들 역시 영어처럼 부족하면 불이익이나 불편이 따라오는 게 사실이지만, 나 스스로 적당히 무시할 수 있으면 '생각만큼' 사는 데에 지장이 없기도 한 것과 같다.

그런데 어떤 이유에서건 속이 편하지 않으면, 그다음으로 좋은 단계, 뻔한 단계는 그저 하는 것이다. 영어가 좋거나 중요해서가 아니라, 나라는 사람은 영어를 '하는 것뿐'이다. 어떻게 좋아하지 않아도, 의미나 목표 없이도 계속 해나갈 수 있을까? 그것은 바로 '나'를 발견하고 실험하는 끊임없는 과정으로 만들 때에 가능하다.

내가 영어를 계속할 수 있는 비슷한 이유가 발효빵 굽기에서도 드러난다. 나는 최고 수준의 베이커처럼 밀가루의 제분 상태와 실내 온도, 이스트 사용과 천연 발효를 실험하고 가늠하면서 굽는다. 그렇다면 나는 베이킹을 좋아하는 사람일까? 절대 아니다. 몸 쓰는 걸 너무 싫어하고 가사에도 취미가 없고 손재주가 없어서 손으로 하는 건 뭘 해도 꽝이다. 특히 베이킹은 저울까지 사용해서 정확히 규칙을 지켜야 하는데, 그렇게 규칙 지키는 걸 너무도 싫어해서 사회생활도 되도록 안 하면서 산다. 그러니 베이킹이야말로 결코 내 취향이 아니다. 그런데 나는 베이킹에 엄청난 소질과 열정이 있는 사람처럼 매주 빵을 구워댄다. 나는 베이킹에 재미를 느끼고 바뀐 걸까?

베이킹의 시작은 생활비를 아껴보자는 심산에서였다. 누구나 그렇듯이 돈은 항상 부족한데, 더 벌 생각을 하는 쪽보다 아껴보는 쪽을 택한 것 역시 나의 성향 때문이었다. 이제 베이킹은 재미나 건강상 이점이 아니라 생활비 절약이라는 본질의 세계로 옮겨졌다. 그런데 반죽기와 밀가루를 사야 한다. 반죽기는 꽤 넓은 공간을 차지한다. 여기서 깊은 고민에 빠졌다. 부엌을 넓히려면 돈이 든다. 물론 좁은 부엌이라고 반죽기를 놓을 수 없는 건 아니다. 그런데 나는 자질구레한 것들이 가득한 공간을 너무도 싫어한다. 나라는 사람의 핵심적인 성향이다. 이런 '나'의 핵심 성향을 지키면서 '해야 한다'는 것을 할 수 있을까? 여기서 실험의 주제가 생겨난다.

이때부터 나는 반죽기 없이 빵 굽는 법을 연구한다. 그것도 통밀을 제분해 쓰기로 한다. 이런저런 밀가루로 실험해 보고 나서 정했다. 가격과 먹고 난 후 몸에서의 반응을 보니 직접 제분한 통밀이 내게는 월등히 좋았다. 이두 가지는 내가 스스로에게 엄격하게 부여한 규칙이다. 왜? 규칙을 싫어하는 건 규칙 자체를 싫어해서가 아니라 '나다움'을 찾기 위한 자유를 위해서니까.

글루텐 형성을 방해하는 밀 껍질을 거의 제거한 흰 밀가루를 강하게 치대서 만드는 발효빵을, 반죽기 없이 집에서 간 거친 통밀 가루로 만들기로 작정하고 나면 그때부터 목표는 사라진다. 어차피 누구나 인정하는 최고 수준의 빵을 만들 수는 없다. 그걸 알고 시작한다. 하지만 이때부터 실험의 자유가 있다. 나만의 빵을 만드는 것이다. 어떤 맛을 내가 즐기는지 알아가면서 온갖 방법들을 실험한다. 어쩐지 즐겁다. 나는 이런 자유로움, 이런 가벼움, 이런 장난 같은 기분을 좋아하는 사람이다. 내 멋대로 찾아가는 맛. 그러기 위해 정말로 진지하게 열심히 꾸준히 빵을 굽는다.

나는 여전히 베이킹을 싫어하고 잘 못하는 사람이다. 하지만 '내가 어떤 사람이다'라는 것은 그렇게 고정된 것도 아니다. 나는 행동하기 때문이다. 행동함으로써 나는 훨씬 복잡한 나 자신을 발견해 간다. 기계나 물건으로 공간을 채우는 것을 싫어하는 나, 통밀 가루와 시판 밀가루에 다르게 반응하는 몸을 가진 나. 그런 나 자신을 이해하는 것은 행동함으로써만 가능하다. 빵을 한 번 구워보는 것이 아니라, 무수한 실험을 하면서 나 자신을 알아간다. 나의 가능성은 그렇게 빵 굽기를 해야 한다는 단순한 본질에서 시작해서 행동을 통해 무수히 커져간다. 최고의 목표 달성이 아니라 나라는 사람의 풍부한 가능성을 경험해 보는 것이다.

영어도 마찬가지다. 내가 영어를 싫어한다거나, 나의 재능이 어느 정도라거나 그런 것들이 아무런 의미가 없는 건 아니지만, '그냥 한다'는 단순한 본질에서 시작해서 영어를 계속한다. 나의 재능이나 영어를 쓰는 환경은 내가 행동하면서 나다움을 발견하는 맥락이 된다.

나는 영어로 읽는 건 좋아하지만 쓰는 건 좋아하지 않는다. 논문이나 사무적인 이메일만 쓸 뿐, 일기나 에세이, SNS는 영어로 하지 않는다. 나는 영어를 못하는 걸까? 남들의 객관적인 평가에서 그럴 수도 있지만, 내가 멈추지 않고 꾸준히 하는 나의 영어의 세계에서는 그건 의미가 없다. '나다움'에는 영어로 글 쓰는 행동이 없을 따름이다. 내가 언제나 잊을 수 없는 작가 둘이 있다. 조지프 콘래드Joseph Conrad와 이윤 리Yiyun Li.

조지프 콘래드는 19세기 중반 폴란드에서 나고 자랐다. 폴란드 문학가이자 독립투사였던 아버지의 영향을 받았으며 어린 나이에 부모를 잃고 고생을 많이 했다. 그가 영어를 처음 접한 때는 20대로 추정된다. 제대로 된 영어교육을 받은 것도 아니고, 영국 배를 타며 선원 생활을 했다. 그가 본격적으로 영어로 글을 쓰기 시작한 것도 거의 30대가 되어서라고 한다. 조지프 콘래드는 그때부터 오로지 영어로만 글을 썼다. 어떤 고집 같은 것이었다.

　이윤 리는 70년대 중국에서 태어난 현대 작가다. 대학원 진학을 위해 미국에 이민 온 이후 영어로 소설을 썼다. 그녀는 영어로만 글을 쓰기로 결심했다고 한다. 심지어 자신의 소설을 중국어로 번역해 출판하자는 제안도 완강하게 거부했다. 그녀의 소설에는 중국 본토 사람들, 혹은 중국계 이민자지만 중국 문화와 깊이 연관된 인물들이 나온다. 그녀가 그리는 이야기들은 중국에서 그녀의 삶이 지독히 고통스러웠음을 짐작케 한다. 이윤 리는 중국어를 버리고 영어로 쓰기로 작정했다. 그 선택을 이끌었을 개인적인 고통과 거기에 대항해 언어로 자신의 무언가를 버리고 새로 만들어가는 과정을 상상해 보곤 한다. 그녀는 한 인터뷰에서 여전히 사람들이 자신의 소설을 보고, 원어민이 아니라서 영어가 어색하다느니 지적한다고 말했다.

　이들의 영어로 쓰기에 대한 고집은, 이들의 영어가 원어민이 쓰는 영어와 얼마나 가까운지와는 아무 상관이 없다는 것을 거듭 깨닫게 해준다. 나는 영어로 쓰지 않는다. 내가 경험한 한국 문화와 역사는 이들에 비하면 너그러웠으리라 짐작해 본다. 나는 한국어로 쓸 때, 나의 과거, 나의 느낌, 나의 문화와 역사적 일체감 안에서 자유로운 것이 좋다. 영어로 읽을 때 한국어로 읽을 때와 달리 정신을 바짝 차리면서 긴장하게 되는 걸 좋아한다. 나와 한국어, 한국 문화에서 성장한 배경과의 그 정도 거리가 나로서는 충분하다. 그만큼이 현재의 '나다움'인 것이다.

빵 굽기, 영어로 말하기, 쓰기, 읽기, 그 무엇이든 꾸준히 하는 것은 같은 걸 반복하는 성실성으로만 가능한 것은 아니다. 남들이 보기에는 구분할 수 없어도, '나'는 똑같은 행동을 계속하면서 매번 다른 실험을 하면, 그 실험을 통해 나와 환경, 나의 과거, 경험의 한계를 접하면서 '나'를 새롭게 발견할 수 있다. '나'를 지킴으로써 나의 새로움을 발견해 간다는 역설이 가능한 것이다.

Show
and Tell

결과는 여전히 중요하지 않다.

미국에서 살면서 우연히 프로 미식축구에 빠졌다. 말 그 대로 '미'식축구는 미국인들 사이에서만큼은 인기가 대단하다. 시즌 최종 우승팀을 가리는 경기인 슈퍼볼 시청자 수나 TV 광고비는 매해 미국의 경제 상황을 간접적으로 느끼게 해주는 뉴스거리가 된다. 미국인 고객을 상대하는 한인 자영업자들은 미식축구를 알면 손님들과 대화를 나누기가 쉬울 거라고도 말한다. 하지만 나는 미국 사람들과 애써 친해지고 싶은 욕구도 없고, 그래야 할 특별한 이유도 없다. 올림픽이나 월드컵도 챙겨 보지 않고 좋아하는 스포츠 종목도 따로 없다. 그런데 어떻게 미식축구에 빠지게 됐을까.

미식축구 경기를 처음 본 건 미국에 산 지 7년이나 지난 후인 2013년 초였다. 내가 사는 시애틀의 연고팀인 시호크스Seahawks가 슈퍼볼에 진출하자 온 동네 사람들이 평생 한 번 올까 말까 한 기회라며 여기저기서 파티를 했다. 그러다 보니 잘 모르는 사람들끼리도 다 모였고 나는 분위기에 휩쓸려서 경기를 볼 수밖에 없었다. 게다가 시호크스가 우승까지 했으니 재밌었다. 평소 국가 대항 스포츠 경기에 전혀 관심이 없는 나도 2002년 한일 월드컵 때만큼은 모르는 사람들과도 기쁨을 나눌 수 있다는 게 즐거뒀던 것처럼 말이다. 하지만 스포츠 경기 중계 자체를 즐기지는 못해서인지 2002년에 그렇게 소리를 지르고 흥분했건만 그 이후 축구 경기는 단 한 번도 보지 않았다. 그런데 나는 이날 이후 미식축구 팬이 됐다. 그러니까 적어도 나에게는 미식축구가 스포츠 경기 자체로 특별히 더 흥미로운 건 아니다. 승패가 갈리는 스포츠는 다 그 나름의 재미가 있을 거라고 생각하지만, 미식축구가 내게 특별한 건 바로 영어가 사용되는 문화적인 맥락 때문임을 천천히 알게 됐다. 정확하게 말하면 영어라는 언어가 미국에서 사용되는 사고방식이라고 하겠다. 그걸 확실하게 깨닫게 된 것은 2022년 플레이오프 경기 덕분이었다.

가을에 시작하는 시즌에서 시애틀 시호크스는 자타공인 최약체로 평가됐다. 그런데 18주간 계속되는 시즌이 끝날 때, 시호크스는 예상을 깨고 플레이오프 마지막 자리를 따냈다. 전력이 예상보다는 좋았지만, 상대 전적, 다른 팀들의 경기 결과 같은 경우의 수를 복잡하게 따져서 말도 안 되는 기적으로 진출했다. 이렇게 플레이오프 진출이 확정되고 나서 경기가 벌어지는 일주일의 기간 동안, 감독과 주전 선수들은 기자회견을 비롯해 다양한 인터뷰를 한다.

그런데 이번에는 총감독마저 그야말로 느슨했다. '우리가 여기까지 온 것만 해도 대단한 일이니 질 걸 기정사실로 받아들이고 즐길 거야' 이런 메시지를 전했다. 보통은 아무리 전력 차이가 나도, '우리는 이길 수 있다. 이기기 위해서 우리는 어떻게 할 것이다'라는 식으로 말한다. 그래서 나도 괜히 신이 났다. 성공이나 실패라는 결과에 매달리는 것을 별로 좋아하지 않는 나로서는 꽤나 즐거운 축제처럼 즐길 수 있을 거라고 생각했다.

그런데 아주 이상한 일이 벌어졌다. 전혀 억울하지도 않게 확실한 실력 차로 졌으니 예상은 맞았다. 그런데 재미가 하나도 없는 게 이상했다. 지루하고 졸렸다. 그게 예상이 빗나간 부분이다. 졌기 때문에 혹은 실력 차가 너무 커서 재미가 없었던 게 아니다.

치열함이 없었다. 질 거라서 최선을 다하지 않았다거나 이기기를 바라지 않았다는 게 아니다. 놀랍게도 전반전은 1점 앞선 상태로 끝냈다. 역시 이상한 행운이긴 했지만. 그렇게 이기고 있는데도 지루했던 건 이유가 없어서였다. 왜 싸우는지가 없었다. 이기겠다는 건 이유의 아주 작은 부분일 뿐이다. 그러니까 즐긴다거나 그런 건 애당초 이유가 될 수 없다.

　진짜 치열함은 이기는 결과를 향한 치열함이 아니다. 지더라도 테스트를 해보는, 예를 들면 스스로 설정한 의미를 향해 선수나 전술을 집요하게 실험하는 치열함이다. 실제 선수와 코치는 나름의 치열함이 있었는지 모르겠으나 팬으로서 그걸 하나도 느낄 수가 없었다. 내게 미식축구의 재미는 기자회견을 통해 스스로 경기의 의미를 말로 전달하고 그것을 보여주는 데에 있었던 것이다. 그런데 이번 경기에서는 그런 게 하나도 없었다.

　승부 앞에 선 사람은 즐겨서는 안 된다. 즐긴다는 건 돌아볼 때만 할 수 있는 말이다. 과정을 즐겼다는 말에는 자기 실험, 즉 자기가 설정한 의미를 지켜내는 순간의 긴장과 치열함이 숨어 있다. 너무도 치열해서 그걸 그대로 표현할 수 없을 때 하는 말이다. 결과는 여전히 중요하지 않다. 하지만 이김의 방향으로 가겠다는 건, 실험의 가장 강력한 동기다. 결과가 나오고 난 후에도 그 결과를 바탕으로 나아가는 다음의 승부가 기다리고 있기 때문이다. 그리하여 내가 설정하는 의미와 그것을 확인하는 실험들은 결과보다 더 오래 살아남는다. 그래서 결과를 신경 쓰지는 않지만 절대로 잊지 않게 된다. 왜냐하면 다음 실험을 설계해야 하기 때문에.

시호크스는 시즌 내내, 그리고 플레이오프 경기 전반전까지 전력보다 더 좋은 결과를 냈다. 그런데 도대체 왜 그런지 제대로 설명할 수가 없었다. 스스로 무엇을 테스트하는지, 스스로 설정한 의미가 무엇인지를. 예상보다 좋은 결과라는 건 무조건 좋은 게 아닐 수도 있다. 실험의 설계와 그 의미가 치열하게 설정되지 않으면 아무리 좋은 결과도 그냥 어쩌다 얻어걸린 행운일 뿐이다. 그건 지루하다. 우리를 어느 곳으로도 데려가지 않으니까.

미식축구만 그런 건지 아니면 미국의 다른 프로 스포츠 리그들도 그런지는 모르겠다. 하지만 내가 열광하는 것은 경기 그 자체보다, 그들이 설명하고 만들어내는 의미와 서사에 있었던 것이다. 이거야말로 미국에서 쓰이는 언어 활동의 핵심이라고 생각한다.

미국 유치원이나 초등학교에서 아이들이 공통적으로 하는 활동 중에 Show and Tell 혹은 Show and Share라는 게 있다. 아이들이 자기 물건을 가져와서 물건과 관련한 이야기를 발표하는 것이다. 정말이지 단순하다. 부모들을 초대하는 경우도 많다. 그런데 정말 시시하기 짝이 없는 이야기들을 한다. 그리고 교과 내용만 보면 학교에서 도 대체 뭘 가르치나 싶은데, 초등학교 저학년부터 프레젠테 이션에 많은 시간을 할애한다. 내용이 무엇인가보다는 내가 남들에게 무엇을, 왜, 어떻게 전달할 것인가를 스스로 정하는 것 자체가 더 중요하다. 그래서 프레젠테이션을 무지하게 잘하는 것도 아니다. 너무도 편하게 말한다. 그런데 그게 핵심이었다.

오랫동안 많은 양의 지식을 주입하는 한국식 교육을 받아온 나의 입장에서 보면 아이가 배우는 게 하나도 없는 것처럼 느껴졌다. 그 느낌은 지금도 사라지지 않는다. 합창이나 연극, 장기 자랑같이 1년에 한 번씩 하는 학교 행사에 가보면, 한국 엄마로서는 정말이지 어이가 없다. 한국에서는 유치원생이 공연을 해도 수준이 훌륭하다. 그런데 미국에서는 그야말로 제멋대로 엉망진창이다. 그래도 발표를 하는 당당한 태도 자체가 중요한 것이다. 이 당당함은 멋진 프레젠테이션이 아니라 너무도 편안하게 자기 자신인 것을 말한다.

그래서 매주 미식축구 기자회견을 볼 때면 아이들의 허접한 발표를 보는 것처럼 도무지 그게 뭔지 잘 몰랐다. 그래도 꾸준히 봤다. 그게 재밌었던 것이다. 나로서는 잘 이해가 가지 않을 만큼 편안하게 농담을 주고받으면서 기자들에게 대답을 하는데, 그 안에는 자기만의 무엇이 있다. 영어 공부에는 정해진 방법이 없지만, 관심 가는 스포츠 종목의 기사를 읽거나 기자회견을 보는 것도 하나의 방법이겠다. 미국인들이 자신만의 이야기를 세상에 주장하는 집요함을 느껴보는 것은 내게 언제나 신기하고 신선한 경험이다.

모든 게
변한다

지금 영어 공부에서 어떤 단계에 있다 해도
그게 영원하지는 않을 것이다.

70대 부모님이 중고등학교 시절 영어 배우던 이야기를 가만히 듣는 게 나의 영어 공부에 어떤 도움이 될까?

아빠의 영어 공부 이야기에는 나는 상상으로도 추측이 어려운 새까만 종이가 먼저 등장한다. 품질이 너무 안 좋아 연필을 잘못 놀리면 찢어져 버리는 종이라고 했다. 도대체 어떤 종이일까. 거기에 외워야 할 영어 단어를 쓴다. 그 종이조차 모자라서 아주 작게 조심조심 써야 한다. 그렇다고 너무 약하게 쓰면 나중에 뭘 썼는지 보이지 않게 된다. 연필심 끝에 적당히 침을 묻혀 쓰는 건 고도의 기술이 된다. 자기 책은 없고 어딘가에서 빌려 온 교재에서 베낀다. 돌려줘야 하니까.

그렇게 단어장을 직접 만든다. 발음기호 대신 발음 그대로 적는다. 당연히 60년대식 영어 발음이다. 예를 들면 또박또박 '스쿨'이지 모음을 길게 뺀 '슷꾸우'는 아니다. 그래도 영어 시험에서 장모음과 단모음이 다르다는 건 알아맞힐 수 있다. 하지만 그게 어떻게 다른지 들리지도 않고, 다르게 발음할 줄도 모른다. 그런 건 공부의 대상조차 아니다. 독해는 영어의 동사와 목적어를 화살표로 엇갈리게 그어서 한국말로 해석하는 식으로 배웠다. 직독직해 같은 건 들어본 적이 없다. 부모님은 학교 다닐 때 영어를 잘했다고 자랑하신다. 영어 성적이 좋았으니까.

고등학생이던 아빠가 버스에서 새까만 종이를 접어 만든 수제 단어장을 보면서 공부를 하곤 했는데, 어느 날 급하게 내리느라 그 단어장을 잃어버리고 얼마나 가슴이 아프고 슬펐는지를 지금도 들려주신다. 어쩐지 아빠한테 이 이야기를 들을 때마다 내가 울고 싶어진다. 아빠는 "지금처럼 종이는 말할 것도 없고 좋은 책이며 교재가 넘쳐나는 시대에 영어를 못하는 게 말이 되냐, 넌 복 받은 줄 모른다"고 잔소리를 하곤 한다. 어려서는 아주 자주 저런 잔소리에 화를 냈고, 지금은 슬퍼질 때가 훨씬 더 많다. 세상이 좋아지는 게 아니라, 모든 것은 변한다는 걸 어렴풋이 알게 됐기 때문일 거다.

이번 원고를 준비하면서 정말 20여 년 만에 처음으로 서점의 영어 교재 코너를 둘러보고, 유무료 영어 학습 사이트도 찾아보고, 영어에 대한 언어학적인 인문 교양서도 읽어보고, 관련 인터넷 콘텐츠들도 훑어봤다. 솔직히 이런 것들이 존재하고 있다는 것조차 몰랐다. 아빠가 하던 이야기가 내 마음속에 절로 피어났다. '이렇게 좋은 교재들이 많다니. 영어 배우는 게 너무 쉽겠는데….' 인터넷을 사용할 수 있는 환경이기만 하다면 돈 한 푼 내지 않고도 영어뿐만 아니라 어느 나라 언어도 다 배울 수 있는 세상이다. 심지어 지구 어딘가에 내가 배우고 싶어 하는 언어를 모국어로 쓰는 사람 중에 한국어를 배우고 싶어 하는 사람을 찾아서 언어를 교환하며 연습할 수도 있다. 그리고 실제로 젊은 사람치고 영어를 못하는 사람은 정말 하나도 없는 것처럼 느껴진다. 나는 대학교 졸업하고 처음 탄 국제선 비행기에서 영어 안내 방송부터 신기할 지경이었으니까.

아빠가 이렇게 좋은 교재로 영어를 못하는 게 말이 안 된다고 했을 때 나는 동의했던가? 물론 아니다. 너무도 뻔한 이야기지만 타임머신을 잡아 타지 않는 이상, 교재가 좋아지면 거기에 맞게 기대되는 영어도 달라진다. 그러니까 남들과 비교해서 영어를 잘해야 하는 것은 어느 시대나 똑같은 게 아닐까 싶다.

지금은 은퇴한 바둑 기사 이세돌은 한 인터뷰에서 더 이상 바둑을 열심히 두지 않는다고 했다. 예전만큼 바둑 두는 것이 기쁘지가 않다고 했다. 그리고 그 말을 다시 정정했다. 바둑은 여전히 재밌지만, 기보 구하는 기쁨이 사라졌다고 했다. 요새는 인공지능 바둑 프로그램이 너무도 발달해서, 바둑을 배우는 것이 누구에게나 쉬워졌다. 자신이 바둑을 배울 때에는 기보 구하는 것부터가 어려웠고, 중요한 기보를 구하면 너무도 기뻤다고 했다. 그래서 기보를 소중하게 봤던 것이다. 그런데 이제는 그런 소중함을 느끼지 않고도 더욱 빨리 실력을 쌓을 수 있다. 바둑 자체의 재미는 똑같지만 그 배움의 소중함이 줄어서, 어려운 걸 배워도 그게 그렇게 특별하게 느껴지지 않는다는 것이다.

아빠가 만들었던 새까만 종이 조각 단어장을 떠올려 본다. 아빠의 이야기를 듣고 슬펐던 감정을 멈추기로 했다. 아빠는 기쁨을 누렸다. 딱히 공부를 하지 않아도 영어가 주변에 널려 있어서 어휘력이 저절로 늘어나는 동안 내가 누리지 못했던 기쁨. 그걸 인정하자, 내가 누린 다른 기쁨도 떠오른다.

미국에 왔을 때 무엇이든 직접 만나서 말하는 건 당연했다. 내가 극도의 내향인이라는 생각은 할 수도 없었다. 인터넷으로 상담하는 건 꿈도 못 꿨고, 찾아가거나 전화를 걸어서 식은땀을 뻘뻘 흘려가며 말을 하고 이해해서 할 일을 해야 했다. 그리고 미국인 친구들에게 이야기하는 방식을 개발했다.

"내가 이런 상황에 있거든. 너 같으면 이걸 영어로 어떻게 말하겠어?" 같은 질문을 정말 많이 했다. 내가 처한 상황을 영어로 다양하게 설명하면서 영어를 더욱 많이 써야 했다. 이런 질문을 받은 미국 사람들은 굉장히 기뻐했다. 지금의 나로서는 상상할 수 없을 정도로 많은 사람과 많은 이야기를 했다. 내가 그렇게 열심히 말을 하고 다니면 미국 사람들 중에는 "네 영어 표현은 굉장히 낯설지만 신선해. 그래서 재밌어. 네가 쓴 표현은 잘 잊히지가 않아서 다른 사람한테 가서 써보게 된다니까. 그 사람도 되게 재밌어했어" 이런 반응을 보이는 사람들도 여럿이었다.

그게 기뻤을까? 바둑 기보를 구하지 못하는 초조함, 제대로 된 단어장조차 구하지 못하는 안타까움, 낯선 사람과 말하는 것을 싫어하는 나의 본성을 거스르고 영어로 설명해야 했던 나의 집중. 이걸 기쁨이라고 쉽게 말하는 게 망설여진다.

하지만 그곳 어딘가에 기쁨이 있다는 건 분명하다. 그게 뭘까를 곰곰 생각하다 보니 변한 것은 시대와 시대에 따른 상황이나 목표만이 아니다. 바로 나 자신도 변한다.

무엇인지 모를 것들에 대해 궁금해하고, 나를 증명하거나 확인하고 싶었던 나이. 그래서 공격적이면서도 수동적이어서 집요하고 충실하게 닥치는 대로 배움에 나아갔던 그 사람이 변했는지도 모른다. 그러니까 인터넷에 넘쳐나는 학습법과 영어 정보의 한가운데에서 이런 막무가내의 흥분과 도전, 그리고 은밀한 기쁨을 느끼는 이들이 지금도 있을 것이다.

그럼 나의 배움은 멈춘 걸까? 그런 것 같지는 않다. 맥락을 파악하고 더 큰 그림을 그린다. 천천히 머물기. 영어 책을 읽다가 모르는 단어가 나오면, 인터넷 같은 것도 없고 당연히 종이 사전을 찾아야만 하던 시절엔 마음이 급했다. 어떻게 이 단어를 모르지? 분하기도 했던 것 같다. 사전을 뒤적이면서 읽던 리듬이 깨진 것에 대해서도 분해했다. 그러면서 사전 찾아서 알게 된 단어를 또 잊어버릴까 봐 불안했다. 마음이 훨훨 불타고 있었다.

지금도 책에서 모르는 단어가 나온다. 전자 사전으로 쉽게 찾을 수 있고, 전자책인 경우에는 손가락만 꾹 눌러도 뜻이 튀어나오는 것을 안다. 그래서 더더욱 가만히 있는다. 그리고 생각한다. 내가 뭘 읽고 있었더라? 내가 생각하고 있었던 건 뭐지? 모르는 단어를 무시할 수 있다. 대신에 영어로 쓰인 텍스트 전체를 가만히 생각해 본다. 텍스트를 이해하겠다는 욕심 없이도 머물 수 있다. 하지만 이걸 단지 내가 나이가 들었다거나 세상이 좋아졌다거나 그렇게 단순하게 말할 수는 없다. 나는 그 시절을 거쳐서 지금은 모르는 단어가 획기적으로 줄었으니까.

70대이고 영어를 전혀 사용하지 않는 부모님의 영어 공부 이야기가 나의 영어 공부에 도움이 되는 건 시간의 흐름, 그 변화를 의식하게 해주기 때문이다. 교재도, 공부의 목표도, 방법도, 그리고 나 자신도 끊임없이 변할 것이다. 영어는 그냥 고정된 영어가 아니다. 영어를 배우는 건 그래서 멋진 일이다. 모국어 학습과는 다른, 더 치열하고, 더 변화가 있고, 더 개인적이고, 시대적인 요구와 흐름이 확실하게 느껴지는…. 지금 영어 공부에서 어떤 단계에 있다 해도 그게 영원하지는 않을 것이다. 멈추지 않고 계속 배운다면.

본질의
차가움

영어 공부의 본질은 '그냥 하는 것'이다.

고백하자면 이 책은 내가 정공법으로 차곡차곡 글을 쓴 게 아니라, 질질 끌려간 기분이다. 시작은 가벼운 기분으로 착수했다. 지금까지 글을 쓸 때에는 다른 책들이나 이론을 인용하고 거기에서 의미를 끌어내어 나의 생각이나 경험에 녹여내는 논리 구성의 과정에 정성을 쏟아야 해서 처음부터 만만치 않은 작업처럼 느껴지곤 했다. 하지만, 영어에 대한 건 그저 내 경험을 술술 재미나게 풀어놓기만 하면 될 거라고 생각했다.

나의 영어 경험이라는 게 20대 초반까지 외국인 한 명도, 외국 방송 한 번도 듣지 않고 입시 공부만 하다가 지금은 제법 영어로 생활도 하고 영어 원서를 읽으며 즐거워하고 사람들과 만나 의미 있는 대화를 나눌 정도가 되었으니 결국 이 책의 최종 메시지는 자연스럽게 적당하게 나올 거라고 예상했다. 영어를 공부하면 어려움도 있지만 그만큼 독특한 재미도 있고, 보람도 있고, 이를 위해 성인으로서 꾸준히 공부하는 방법이나 마음가짐의 예들은 이러저러하다, 라고 말이다.

그런데 원고를 3분의 2쯤 썼을 때, 나는 완전히 망했다는 기분에 사로잡히고 말았다. 이렇게 글쓰기가 어려워서 두어 단락을 못 넘기고 딱 막혀서 줄기차게 글자 수

체크나 하고 있는 건 그야말로 낯선 일이었다. 도대체 뭐가 문제일까. 소재가 없는 것도 아니었다. 20년도 넘게 영어로 읽고 쓰고 애도 키웠으니 경험은 차고 넘쳤다. 그런데 그 경험을 떠올리고 글로 옮기면서, 나는 나도 의식해본 적도 없고 심지어 예상과는 다른 메시지를 쓸 수밖에 없게 됐다. 나는 영어를 그다지 좋아하지도 않고, 나의 영어 실력이 어렴풋이 생각하던 것만큼 근사하지도 않고, 영어가 내게 그렇게 흥미롭거나 재밌는 것도 아니었다. 이게 앞에서 쓴 나의 영어 경험이다.

그렇다면 독자들에게 괜히 영어 공부에 시간, 돈, 에너지를 쓸 필요가 없다고 주장하거나, 쉽게 조금만 배워서 바로 써먹을 수 있는 가성비 영어 공부 방법을 소개하는 게 이 책의 메시지가 되어야 할까? 그건 나의 경험에서 더욱 멀었다. 왜냐하면 나는 영어 공부를 지독하게 꾸준히 해왔고, 그리고 나에게 필요한 방식으로 따지면 나의 영어는 내가 생각한 것보다 더 깊었다. 영어 텍스트에 머물면서 그 의미를 읽어내고 거기서 즐거움을 느낀다든지, 의논하거나 다투는 상황에서 원하는 것을 얻을 수 있을 만큼 영어를 끈질기게 다루어왔던 것이다. 게다가 성인이 되어서 영어를 공부한 사람인데 영어 때문에 좌절하거나 힘들었던 경험도 딱히 기억나는 게 없었다. 그렇다고 내가 언어에 타고난 재능이 있는 것도 아닌 것 같았다. 그러기엔 평범한 지적 능력을 가진 사람으로서 쏟은 시간에 비례하는 정도로 영어가 늘었다. 그래서 나는 나의 영어에 대해서 도무지 어떤 말을 해야 할지 혼란에 빠지고 말았다.

이제는 글쓰기를 떠나서 정말 궁금해졌다. 도대체 나는 영어를 왜 공부해 온 거지? 이 질문이 내게 특히 의미 있는 이유는 나는 영어보다 더 중요한 일들, 더 확실한 이득이 되는 일들도 쉽게 포기하면서 살아왔기 때문이다. 미국에서 살지만 정규직을 구하지도 않으니, 영어가 결정적으로 필요하지도 않은 것이다. 도대체 나는 영어에 어떻게 이토록 오랫동안 열정을 쏟아온 거지? 한 번도 질문이라고 생각해 본 적조차 없었던 것이 드디어 궁금해졌다.

마침내 영어에 대한 나의 태도 중에서 바뀌지 않은 단 한 가지를 발견해 냈다. 그것은 바로 차갑고 냉정한 태도였다는 것. 영어의 쓸모와 필요, 영어 실력, 나의 가치관과 언어 환경이 아무리 바뀌어도 절대로 바뀌지 않은 것이 바로 나의 태도였다. 영어가 어려운 날이 당연히 많았을 텐데도 기억에 남지 않을 정도로 불편함도 절망도 느끼지 않은 것은 내가 영어를 냉정하게 대하고 있었기 때문이었을 것이다.

영어가 사람도 아니고, 나라나 회사처럼 나와 어떤 관계를 맺는 것도 아닌데 영어를 차갑게 대한다는 게 무슨 뜻일까? 그것은 내가 나의 영어 공부를 이해하는 본질에 대한 것이다. 나의 성향에 따라 영어를 싫어한다거나 좋아한다거나, 영어가 어떤 언어적인 특성을 가졌는지, 혹은 당위적으로 영어를 하면 어떠한 이점이 있다는 것과는 상관없다. 이러한 것들을 잡음으로 취급한 후에, 영어 공부의 본질은 내게 무엇인가, 딱 그것만을 남겨두는 것이다. 그게 뭐냐면 영어 공부는 '그냥 하는 것'이다.

재미는 물론이고 적절한 이유나 동기, 목표조차 전부 덜어내 버리고 남는 것, 겨울에 앙상한 나뭇가지만 남는 것처럼 차갑게 영어가 있다. 열심히 하는 것도 아니다. 그것조차 너무 풍성하다. 영어는 '그냥 하는' 걸로 내 세계에 있다. 그게 본질이 갖는 힘이다.

영어를 지속하기 위한 동기가 필요 없는 본질만 남겨두었을 때 생기는 힘에 대해 다시 생각해 봤다. 내가 좋아하는 일, 하면 이롭고 자랑스러운 일, 해야 하는 의무감에 억지로 했던 일들이 많았지만, 그런 것들 중에 끈질기게 계속한 건 정말이지 없었다. 아무리 좋아했던 것도 지루해서 시들해지곤 했고, 이롭거나 의무적인 것은 죄책감을 잔뜩 느끼면서 회피할 핑계들을 잘도 찾아냈다. 하지만 영어 공부에는 아무것도 덧붙이지 않았다. 좋아하거나 재미를 느낄 필요도 없는 것이다.

이걸 발견해 낸 건 책을 3분의 2나 쓰고 나서였다. 의식을 하지 못할 만큼 너무도 단순했기 때문이다. 단순한 것의 힘은 그렇게 아주 쉽게 망각된다는 것을 다시금 생각하게 됐다. 영어를 그냥 하는 거라는 냉정한 태도로 대했기 때문에 계속할 수 있었다는 게 나 자신도 납득이 잘 되지 않아 다른 예를 찾아봤다. 내가 지속하는 게 또 뭐가 있더라?

겨우 딱 하나 찾아낸 게 육아(와 가정생활)다. 육아를 지속한다는 게 말이 안 되는 것 같기도 하다. 대부분의 부모들이 아이를 낳으면 끝까지 열심히 키우니까. 그건 지속하고 말고의 문제가 아니지 않은가? 하지만 나에게는 그렇지만도 않다. 원래 아이라는 존재를 귀여워하지도 않고, 애를 낳자마자 내 능력에 버거운 것 같아서 절망하기도 했다. 아이를 잘 키울 만한 체력도 소질도 인내심도 부족하다는 것을 아이를 낳고 나서 알아버린 것이다. 이때는 영어와 다르게 의식적으로 육아의 본질을 파고들었다. 희생적이고 능력 있고 따뜻하고 너그러운 엄마가 될 수 없다면, 엄마로서 아이를 키운다는 앙상한 본질은 무엇일까? 영어와 마찬가지였다. '그냥 하는 것'. 아이를 이롭게 하거나 내가 잘하는 일이기 때문이 아니라, 무력한 존재가 자기 멋대로 성장할 수 있는 안전을 확보해 주는 것. 그것만 계속하는 게 본질이었다.

'아이'를 냉정하게 보는 게 아니라, '육아'를 냉정하게 보는 것이다. 아이에 대한 나의 사랑과 집착, 염려와 불안조차 모조리 잡음으로 차단했다. 그러면 이상하게도 나는 아이를 처음 만난 날의 경이로움과 열정을 매 순간 유지하게 된다. 아이를 경이롭게 본다. 심지어 아이가 내 생각에 걱정스럽거나 미운 행동을 하는 순간에도 경이로움과 놀라움이 더 크게 느껴진다. 그렇게 나는 아이에게 깊은 관심을 갖지만 조금도 화를 내거나 걱정하지 않고 즐거움으로 육아를 하게 됐다. 그 바탕에는 역설적으로 지독한 냉정함이 있다. 무엇을 싫어한다는 게 아니라, 다른 모든 것을 차단하고 잘라내는 단순함 때문에 느껴지는 온도 같은 것. 본질은 그런 것이다.

　그래서 영어를, 아이를 좋아한다는 거야? 싫어한다는 거야? 그렇게 묻는다면 나는 너무도 쉽게 '끔찍하게 좋아한다'고 대답할 것이다. 하지만 좋아하는 것만으로 지속할 수 없는 것들이 있다. 적어도 나는 그렇다. 나는 차갑게 느껴질 정도로 단순한 본질을 인정해야 한다. 이런 냉정함에서 시작해야 지속하는 열정이 생긴다. 묵직한 희열이라고 해야 할까. 좋아하는 건 나에게는 너무 가볍다. 나는 이걸 브루털 어니스티brutal honesty라고 혼자 이름 붙여 되뇌곤 한다. 본질을 정직하게 인정하는 힘이라고 해야 할까.

긴 인생을 위한 짧은 영어 책

1판 1쇄 인쇄 | 2024년 3월 20일
1판 1쇄 발행 | 2024년 3월 30일

지은이 | 박혜윤
발행인 | 김태웅
책임편집 | 엄초롱
디자인 | 강경신디자인
마케팅 총괄 | 김철영
마케팅 | 서재욱, 오승수
온라인 마케팅 | 김도연
인터넷 관리 | 김상규
제 작 | 현대순
총 무 | 윤선미, 안서현, 지이슬
관 리 | 김훈희, 이국희, 김승훈, 최국호

발행처 | (주)동양북스
등 록 | 제2014-000055호
주 소 | 서울시 마포구 동교로22길 14 (04030)
구입 문의 | 전화 (02)337-1737 팩스 (02)334-6624
내용 문의 | 전화 (02)337-1739 이메일 dymg98@naver.com
네이버포스트 | post.naver.com/dymg98
인스타그램 | @shelter_dybook

ISBN 979-11-7210-007-0 03810